KB062653

행복한
자살되세요,
해피
뉴이어

행복한 자살되세요, 해피 뉴이어

펴 낸 날 | 2018년 12월 20일 초판 1쇄

지 은 이 | 소피 드 빌누아지
옮 긴 이 | 이원희
펴 낸 이 | 이태권

책임편집 | 최선경
편   집 | 박송이
책임미술 | 양보은
물류책임 | 권 혁
펴 낸 곳 | (주)태일소담
          서울특별시 성북구 성북로8길 29 (우)02834
          전화 | 02-745-8566~7   팩스 | 02-747-3238
          등록번호 | 1979년 11월 14일 제2-42호
          e-mail | sodambooks@naver.com
          홈페이지 | www.dreamsodam.co.kr

ISBN   979-11-6027-151-5 03860

이 도서의 국립중앙도서관 출판시도서목록(CIP)은 서지정보유통지원시스템 홈페이지
(http://seoji.nl.go.kr)와 국가자료공동목록시스템(http://www.nl.go.kr/kolisnet)에서
이용하실 수 있습니다.(CIP제어번호: CIP2018034504)

• 책값은 뒤표지에 있습니다.
• 잘못된 책은 구입하신 곳에서 교환해드립니다.

소담출판사

행복한
자살되세요,
해피
뉴이어

쇼피 드 빌누아지 지음
이원희 옮김

소담출판사

마티외,
우리의 경이로운 앵거스와 신,
서로 잘 모를 발레리,
모든 점에서 나를 지지해주는
나의 치어리더 마리,
사라졌지만 나를 떠난 적이 없는 내 동생 에르베,
그리고 이 책의 멋진 요정
타티아나 드 로스네에게 이 글을 바친다.

센 강 부두, 신원 미상의 남자,
그가 아니었다면 나는 결코
물속으로 뛰어들
용기를 내지 못했을 거다.
그에게 고마움을 전한다.

아빠가 새벽에 세상을 떠났다. 전화벨이 울렸을 때, 대번에 병원이라는 걸 알았지만 받을 용기가 없었다. 뭐하러? 무슨 말을 들을지 아는데. '아버님께서 오늘 아침 숨을 거두셨습니다. 아버님은 떠나셨어요. 고통은 없었습니다.' 나는 이제 고아다. 마흔다섯 살짜리 고아는 정말이지 불쌍하단 생각이 들지 않는다. 세상에 피붙이가 아무도 없으니 고아나 다름없지만 그래도 마흔다섯 살이나 먹은 나를 입양하려는 사람은 아무도 없을 거다. 나는 유통기한이 지났다. 이를테면 자식을 갖기에도, 한 남자를 갖기에도 기한이 지났으니까.

내 페이스북 상태를 변경해야 한다면 이제부터 나는 아무개의

딸이라고 해야 할 거다. 누군가의 아내도 어머니도 아니니까. 나는 그냥 나다. 하지만 내가 누군데?

실비 샤베르, 넌 누구야?

내가 감상적인 여자라는 덴 의심의 여지가 없다. 장례대행사에서 나는 무능했다. 그저 울면서 콧물을 질질 흘리고 말까지 더듬었다. 장소가 장소이니만큼 검은색 양복 차림을 한 직원은 작은 안경알 너머로 아주 점잖게 나를 쳐다보고 있었다. 아무 감정도 드러내지 않은 채. 그에게는 분명 좋은 날이었는데. 나는 아빠를 위한 묘지를 새로 사야 했다. 엄마의 묘지에는 들어갈 자리가 없기 때문에. 나는 직원에게 말했다.

"이왕 온 김에 나를 위한 묘지도 마련해둘게요."

약간 놀랐는지 그의 동공이 흔들린다.

"그런 눈으로 보지 마세요." 나는 그에게 말했다. "나는 남편도 자식도 아무도 없어요. 내 사후를 걱정할 사람은 나밖에 없는 거죠."

"무슨 그런 말씀을 하세요, 마드무아젤. 아직 젊으시고, 인생은 놀라움으로 가득한데 앞날을 어떻게 알고요."

"됐어요." 나는 코를 풀면서 대꾸했다. "스무 살 때도 없었는데 마흔다섯이나 예순 살에 새삼 무슨 놀라운 변화가 있을 거라고."

그는 아무 말도 하지 않았다. 침묵은 동의한다는 건가?

나는 수표책을 꺼냈다. 나에게 이렇게 비싼 선물을 하기는 처음이다. 자기 자신에게 보석이나 탈라소테라피*나 크루즈 여행을 선물하는 사람은 더러 있지만 나는 묘지를 선물한다. 예쁜 포장은 없지만 개성 있는 선물이다.

나는 정신이 멍하고 기진맥진해서 나왔다. 전망이라고는 지렁이가 전부인 땅속에 6피트짜리 안락한 자리를 차지하는 대가로 거의 4천 유로를 털리다니! 코스타 크루즈 여행을 선물하는 게 더 나았을지도 몰라, 운이 좋으면 시칠리아 섬 앞바다에 빠져 죽을는지도 모르는데! 입 다물지, 나에게 그런 운이 따라줄 리도 없거니와, 그럴 용기도 없으면서.

게다가 나는 이도 저도 아니다. 거울에 비친 나는 말총처럼 푸석푸석한 갈색 머리다. 심지어 암에 걸려도 끄떡없을 정도로 머리숱까지 엄청나다. 나는 남자들이 가슴이 풍만한 금발 미녀를 좋아하는 시대에, 등이 구부정하고 가슴이 납작한 갈색 머리로 태어난 불행한 여자다. 나는 저주를 받은 거다. 절대로 남자의 마음에 들지 못하리라고 선고받고 태어난 거다. 동정을 불러일으

---

* 심신을 상쾌하게 하는 미용·건강법 중 하나인 해수 요법.

킬 만큼 못생기지도 욕정을 불러일으킬 만큼 예쁘지도 않다. 나는 어중간하고, 무기력하고, 창백하고, 적당히 못생기고, 적당히 평범하다. 성적으로 흥분시키는 것만 빼고.

온몸이 쑤시고 아프다. 쓰레기차에 깔린 공공 대여 자전거처럼 부서져 있다. 지난 몇 주일간 견디기 힘들 정도로 사무실과 병원을, 사무실의 회색 카펫과 병원의 리놀륨 바닥을 오갔다. 하지만 이제는 끝났다. 아빠는 이제 세상에 없다. 친구들 말마따나, 내 일상을 다시 시작할 수 있을 거다. 나에게 텔레비전을! 바보상자 앞에서 초밥을 먹거나 침대에서 수프, 요구르트를 깨작거릴 수 있는 저녁 시간을!

이제 나는 무슨 말을 할 수 있을까? 병든 아버지를 수발하는 헌신적인 딸의 역할은 그리 나쁘지 않았다. 내 인생에 의미를 부여해주었다. 애처로운 인생이었지만 '갸륵한' 면이 있었다. 나는 아빠에게 몸과 마음을 다 바쳤다. 주변에선 과로와 내 행복을 걱정했다. '네 몸도 아껴야 하는 거 아냐? 네 건강은 네가 지켜야지, 네 생각도 좀 해, 아버지에게만 매달려 있지 말고.'

이제 나는 그저 폐경을 앞둔 생기 없는 독신녀. 몸과 마음을 바칠 상대는 없다. 나한테 이런 걸 당부할 사람이 있을까? '남자는 만날 거지? 즐기는 것도 중요해, 고독에 빠져 지내지는 않을

거지?'

나는 내가 진짜 혼자라는 걸 느낀다. 진가를 인정받지 못하는 외톨이. 못생기기까지 한.

"개를 키우지 그래?" 베로니크가 권했더랬다. "귀엽고, 진짜로 살아 있잖아!"

그럼 쥐는? 쥐도 귀엽고 진짜로 살아 있는 동물인데. 살아 있는 것이면 나한텐 뭐든 다 그렇게 보이는데.

"아이를 입양하는 건 어때? 아프리카 아이 괜찮지 않을까? 에이즈 때문에 애를 제대로 못 돌보는 집이 많대. 애를 키우다 보면 네 생각도 바뀔 테고."

"그렇다고 그게 내게 존재감을 줄까?" 나는 덧붙였다.

하지만 친구는 대꾸하지 않았다.

베로니크는 나를 달랠 줄 안다. 그래서 그녀를 좋아하지만 몇 시간 동안 같이 있노라면 달려오는 기차에 몸을 던지고 싶어진다. 우리끼리는 자살이 그리 생뚱맞은 얘기가 아니다. 나는 점점 더 그 생각을 자주 한다. 그 생각을 하면 따뜻한 물병을 끌어안은 것처럼 위안이 되고, 마음이 평온해지는 것 같다. 그렇다고 진짜로 열차에 뛰어들고 싶어서 미치겠다는 건 아니다. 그러기엔 용기가 없고 내 마음이 너무 여리다! 그리고 내가 얼마나 끈질긴

데, 살아남을 수도 있잖아! 그럼 헌팅이라도 하러 나가든가! 근데 나는 전투적이지 않다.

그럼 수면제를 수십 알 삼킨 뒤에 침대에 얌전히 누워 있는 건? 안 될 거 없잖아? 그건 좀 끌린다.

어떤 때에 나는 이미 죽은 느낌이다. 공허하다. 육신이 있고 심장은 뛰고 있으나 영혼이 떠나버렸다. 내가 빛을 꺼버렸거나 퓨즈가 나간 거다. 내 눈은 이제 빛나지 않는다. 소라게는 소라 껍데기를 버리고 떠나버렸다. 공생하는 시늉을 그만둔 거다. 내가 50만 유로를 상속받게 된단 걸 알았을 때, 따뜻하지도 춥지도 않았다. 사실 같지가 않았다. 무거운 납덩어리 하나를 추가로 달게 된 것 같았다. 그 돈을 모으기 위해 절약하며 보낸 한평생, 그 삶은 어떤 삶이었을까? 그 돈이면 내 부모가 여행을 하면서 행복한 순간들을 누릴 수 있었을 텐데. 햇살이 눈부신 곳에서, 사막에서, 중국이나 몽고, 튀니지, 크로아티아에서 바캉스를 보내면서 열기구를 타거나 낙타를 타고 스키도 타고. 미식가들의 메뉴, 꽃다발, 야외에서 보내는 주말, 날씨가 화창한 일요일에는 충동적으로 크림소스 홍합 스튜를 먹기도 하면서. 하지만 아니었다. 아빠는 날이 갈수록, 달이 갈수록, 해가 갈수록 저축을 했다. 돌 더미를 쌓는 죄수처럼. 내 아버지는 자린고비처럼 돈을 모았다. 솔직히 나는 숨이 막혔다. 기쁘지도, 그 돈을 쓰고 싶지도 않다. 돈은 냄새가 없다는데 그건 사실이 아니다. 아빠의 돈은 역하게 느껴진다. 슬프고 곰팡내가 난다. 꿈도 없고 어떤 약속도 없다. 베로니크의 말대로 어쩌면 나는 정신과 의사한테 가야 할지도 모르겠다. 나한테 그런 소릴 하는 게 꽤나 즐거워 보였다! 내가 이 정도 혼란스러운 걸로는 부족하다는 듯이 뼈만 앙상하게 남고 털이 숭숭 빠진 유기견들에 대해 더는 떠들어대지 않으리라. 내가 진짜로 정신과 의사를 찾아간다면.

10월의 어느 아름다운 날, 나는 눈을 뜬다. 안다, 이 일요일도 어느 날과 다름없이 고독하리라는 걸. 많은 사람들이 '일요일 저녁의 우울'이라고 하는 건 주말이 벌써 끝나는 것이 슬퍼서다. 한 배에서 나온 병아리들마냥 따뜻하게 붙어 있고 싶은 거다. 그치지 않는 웃음소리, 가족 나들이, 이불 속에서의 애무, 친구들과의 술자리, 그래도 아직 성에 차지 않은 거다. 그런데 나는 어서 월요일이 되길 기다린다. 빨리 침묵에서 벗어나고 싶어서다. 하지만 오늘은 날씨가 좋다. 파리엔 화창한 날이 그리 많지 않다. 그래서 나도 모르게 미소를 짓는다. 나는 바깥바람을 쐬기로 한다. 강변을 따라 산책하다 영화 한 편 보는 거, 괜찮잖아? 혼자서 영화를 보러 갈 때는 시시껄렁한 스토리가 아닌지 잘 확인하는 것이 중요하다. 그리고 영화관 가는 길에 크루아상 한 개를 사서 먹기로 한다. 그러면 식기세척기에 찻잔과 접시를 추가로 넣지 않아도 되니까 일주일을 미뤘다 세척기를 돌려도 된다. 안 그래도 늘 반은 비어 있는 채로 돌리지만. 나는 강변을 따라 조금 걷는다. 주변에는 포근하게 감싸인 아기들이 유모차 안에서 잠든 동안 여유로워진 주부들과 구경꾼이 몇 명 보인다. 센 강변에는 사람이 그리 많지 않다. 나는 5분 동안 쉬면서 햇빛을 즐긴다. 루미노테라피는 건강에 나쁠 리 없고, 나는 시간이 남아돈다. 그때 갑자기 외마디 비명이 들린다. 한 여자가 손가락으로 센 강을 가리키며 고함을 지르고 있다. 혹시 휴대폰을 물에 빠뜨려서 당황한 걸까? 그러나 나는 여자의 비명에서 그보다 훨씬 심각한 일이라는 걸 직감한다. 센 강 중앙에 시커먼 실루엣이 보인다. 생기 없는 몸이 뒤집힌 채 둥둥 떠 있다. 표류하는 나무 밑동이라고 생각할 수도 있지만, 사람이다. 주변에 있던 사람들 모두가 닭 떼처럼 불안에 사로잡힌다. 그 젊은 여자는 허공에 대고 계속 고함을 지른다. 그 여자를 중심으로 작은 무리가 형성되었다. 나는 휴대폰을 손에 쥐고 흔드는 여자를 쳐다본다. 또 다른 비명들이 합세한다. 나도 소리를 지르고 싶지만 내 입에서는 아무 소리도 나오지 않는다. 목구멍이 막혀 있다. 어항 속 물고기처럼 입만 쩍 벌어져 있다. 나는 옴짝달싹 못한다. 심장이 벌렁거리지만 온몸이 굳어 움직일 수가 없다. 마치 마비된 듯이. 그렇지만 강물에 떠 있는 몸뚱이는 진짜다. 나는 움직이지 않는 실루엣, 코르크 마개처럼 둥둥 떠 있는 사람에게 매료된다. 아주 편안하고 평온하고, 거의 평화로워 보인다. 그때 갑자기 예고도 없이 한 여자가 물속으로 뛰어든다. 그리고 남자가 있는 데까지 헤엄쳐 간다. 그녀가 남자의 몸을 뒤집었지만 그는 반응이 없다. 죽었나? 나는 작은 무리에 다가간다. 여자가 남자를 강변까지 끌고 오자 한 사내가 미동도 없는 남자를 잡아 끌어올린다. 여자는 젖은 옷 속에서 부들부들 떨고 있다. 나도 모르게 여자에게 다가가서 바보 같은 질문을 한다.

"인명구조원이에요?"

"아뇨, 전혀!" 여자가 이를 딱딱 부딪치며 대답한다. "심지어 처음 해보는 거예요!"

그녀 자신도 놀란 모양이다. 바닥에 눕혀진 남자는 인공호흡의 리듬에 따라 물을 토해 내더니 희미하게 의식이 돌아온다.

그러자 사람들이 본능적으로 젊은 여자에게 박수를 친다. "브라보! 브라보, 마드무아젤! 당신이 여기 있어서 정말 다행이에요!"모두 기뻐하며 생명을 구한 승리를 축하한다. 이 여자가 개입하지 않았다면 이 남자는 우리 눈앞에서, 겨우 몇 미터 떨어진 데서 죽었을 것이다. 방금 일어난 일로 완전히 굳어버린 나는 내가 물에 빠진 이에게 박수를 보내고 싶은 유일한 사람이라는 걸 깨닫는다. 나는 물에 뛰어들 용기를 낸 이 남자가 부럽다. 이 남자처럼 나도 죽고 싶다. 일종의 계시처럼 위안이 되고 자명한 이치로 느껴진다. 나는 죽고 싶다. 정말로. 5년 후나 10년 후가 아니라 지금 당장 죽고 싶다. 충격 받은 나는 비틀거리며 집으로 향한다. 뇌가 끓는 것처럼 뜨겁다. 그래, 나는 죽고 싶다. 그래, 죽을 거다. 하지만 누군가에게는 말할 필요가 있다. 베로니크는 아니다. 자살 욕구가 살해 욕구로 바뀔 위험이 있다. 하지만 베로니크는 내 가장 친한 친구다. 털어놓을 만한 다른 사람은 떠오르지 않는다. 나는 죽고 싶다. 하지만 누군가에게는 죽고 싶다는 말을 할 필요가 있다. 그래야 위안이 되니까. 내 말을 이해해줄 수 있는 귀를 찾아야 한다. 나라는 존재가 죽음은 아주 좋은 결정이라고 외치고 있으니까.

　집에 도착한 나는 누렇게 바랜 전화번호부를 들춰본다. 정신의학자를 어떻게 찾지? 내 경우는 누구를 만나는 것이 더 나을까? 심리학자? 심리치료사? 정신과 의사? 정신분석가? 행동요법 치료사? 아니지, 무슨 개 훈련시키는 것도 아니고. 심리치료의 종류를 찾아보니 너무 많아서 선택이 어렵다. 그래서 이름과 주소를 보고 내 직감을 믿기로 한다. 우선 여자는 제외한다. 이왕이면 남자와 상담하고 싶다. 집에서 그리 멀지 않는 데에 한 명이 있다. 프랑크 마르샹. 프랑크, 나쁘지 않군. 젊었을 때 프랑크란 남자와 사랑에 빠진 적이 있었지. 그래, 프랑크로 결정!

"내가 뭘 도와줄 수 있을까요, 실비?"

블랙 진 차림의 프랑크가 맞은편에서 다리를 꼬고 앉아 나를 쳐다보고 있다. 나는 너무 꽉 끼는 폴로셔츠 안에서 불끈거리는 그의 근육을 본다. 자기 몸에 자신이 있는 게 틀림없다. 뭐, 저 정도 몸이면 자신감을 가져도 된다. 나이치고는 머리숱도 많다. 사실 요즘은 머리숱 많은 남자가 아주 드물다. 멸종 위기종이랄까. 내 심리치료사가 풍성한 머리털을 갖고 있다는 게 뿌듯하다. 머리에 공깨나 들이는 남자 같다. 이 남자가 나에게 많은 관심을 갖고 성의를 다해줬으면. 그의 귀갑테 안경이 부드러운 인상을 준다. 그가 뿜어내는 성적 매력과 나 사이에 놓인 방패 같다. 차라

리 이 남자 옆에 누우면 좋을 것 같다. 그러니까 소파침대에.

"정직하게 말할까요? 크게 도와줄 건 없어요."

"좋습니다, 그럼 여길 왜 왔는지 말씀해주시겠어요?"

"사실 자살할 동기는 많지만…… 내가 온 건, 그러니까……."

"확신을 갖기 위해서?"

"네, 바로 그거예요."

심리치료사가 미소를 지어 보인다, 마치 아무것도 아닌 잡담을 하고 있다는 듯. 무슨 얘기든 잠자코 들어주기 위해 심리치료사들이 어떤 특수 훈련을 받는진 모르겠지만 나의 심리치료사는 아주 프로인 것 같다. 내가 진짜 미쳤나. 이 남자를 쳐다보면서 나에게 필요한 건 심리치료가 아니라 한 방의 허리 힘이라고 생각한다. 먼지를 털 듯 모든 걸 날려버릴 정도로 아주 강력한 허리 힘.

"자살을 생각한 지 오래됐나요?"

"아주 오래전부터요. 하지만 최근에 일종의 계시를 받았어요."

"'계시'라는 건 무슨 뜻이죠?"

"성모마리아를 봤다는 건 아니니까 안심하세요. 그러니까 내가 환영에 시달린다는 게 아니라 찰칵, 시동이 걸렸다는 뜻이에요. 어떤 현장을 목격했는데…… 그걸 자세히 얘기하고 싶지는 않고요. 아주 강한 자각을 했고, 그 뒤로 위안을 느꼈어요. 마치 마침내 해결책을 찾은 것처럼."

"확신하고 있군요. 언제 실행에 옮길 생각입니까?"

"날짜는 생각해보지 않았지만 크리스마스가 좋을 것 같네요."

"크리스마스가 두려운가요?"

"오래전부터 혼자 살아요. 독신이고 자식도 없어요. 나는 외동인데 4년 전에 엄마를 잃었고, 몇 주 전엔 아빠를 잃었죠. 나는 혼자고 죽을 거 같아요. 크리스마스는 내가 제일 싫어하는 날이죠."

"직업은 있습니까?"

"네, 기업 법무팀에서 일해요."

"그렇군요. 일은 마음에 드나요?"

"모르겠네요. 그런 생각은 해본 적이 없어서."

"하지만 활력을 주는 일이라고 생각하나요?"

"네, 그렇다고 생각해요. 돈을 많이 버는 직업은 아니지만 전문직이죠. 나에게 맞는 일이라고 생각해요."

"동료나 친구들은 있습니까?"

"친구는 몇 명 정도, 그렇게 많지는 않아요. 하지만 친구들이 나더러 개를 키워보라는데, 어떻게 생각하세요? 개네는 이해 못해요. 아무도 이해 못 해요. 나는 그냥 죽고 싶어요."

"사람은 누구나 다 죽습니다, 언젠가는."

이 남자는 고개를 갸웃할 때 너무 섹시하다. 백발이 정말 잘 어울린다. 불공평하다. 나랑 동갑인 게 틀림없는데, 나를 늙어 보이게 하는 것이 이 남자를 매력적으로 만들어준다. 이 남자의 주름살은 멋진데 내 주름살은 슬프다. 이 남자의 백발은 푸른 눈동자를 돋보이게 하는데 내 머리카락은 내 나이를 드러낸다. 이 남자는 근육질인데 나는 허약하다. 내가 남자라면 한창때를 훌쩍 지났을 뿐일 테지만 나는 여자다.

"그래요. 하지만 나는 언제, 어떻게 죽을지 선택하고 싶어요. 자살을 생각하면서 바로 그 부분이 마음에 들었어요. 내가 결정한다는 것. 내 인생에서 대단한 걸 스스로 결정한 적이 없었으니까, 적어도 죽음에 대해서는 내가 결정하고 싶어요. 역설적으로 보일 수 있다는 거 알지만 나한테는 그게 큰 위안이 돼요."

"좋습니다. 그럼 자살하는 날짜를 12월 25일로 정한 거죠?"

"음…… 네, 25일, 그게 좋겠어요."

"몇 시?"

"음……. 글쎄요……. 좋은 질문이네요. 생각해보지 않았는데, 아마 점심 식사 후? 마지막으로 맛있는 식사는 해야 하니까요."

"2시? 아니면 4시?"

"2시 30분에서 4시 30분 사이?"

"좋습니다. 그럼 앞으로 두 달하고 조금 더 남았군요. 일주일에 한 번씩 나를 만나러 오세요. 그리고 12월 25일, 그날이 진짜 마음에 들면 오후 2시 30분에서 4시 30분 사이에 자살하세요. 어떻습니까, 실비?"

이 남자는 거리낌 없이 나를 쳐다본다. 마치 다음에는 결장 내시경 검사를 해보자고 말하는 것처럼.

"네, 좋아요. 그러죠. 근데 좀 뜻밖이네요……."

"뭐가요?" 뭐냐니, 내 머리가 갸우뚱해진다.

"못 하게 말려야 하는 거 아니에요? 인명 구조 태만도 죄 아닌가요?"

"내가 왜 그래야 하죠? 위험에 빠져 있다고 느낍니까?"

"아뇨, 전혀."

"죽는 거, 그게 당신이 원하는 거 아닌가요?"

"맞아요."

"그럼 된 거잖아요. 다만 이제부터 자기 자신에 대해 잘 알아보길 제안할게요. 따라서 상담 때마다 숙제를 줄 테니까 한번 실행해봅시다. 당신은 더 이상 잃을 게 전혀 없잖아요, 실비! 다음 일주일 동안 뭔가 기발한 것, 당신의 성격과 반대되는 거라서 당신답지 않은 것을 해봐요. 당신은 부끄러움이 많은 편입니까?"

"네, 많이."

"그럼 부끄러워서 절대로 하지 못할 일을 한번 찾아봐요."

"뭘 원하는 거죠? 발가벗고 다닐까요?"

"나는 원하는 게 전혀 없습니다. 결정은 당신이 하는 거예요! 다음 주에 봅시다, 실비."

이윽고 심리치료사가 미소를 지어 보이고는 친절하게 문 앞까지 배웅해주었다.

솔직히 나는 좀 당황했다. 내 기대와 전혀 달랐다. 무슨 특별한 걸 기대한 건 아니다. 그래도 이건 아니다. 흥미롭긴 하다. 좋아, 12월 25일을 위해서라면 한번 해볼 만도 하다. 크리스마스를 위한 계획이 없다는 게 늘 두려웠는데! 그래, 장의사한테 내 비석을 주문할 수도 있잖아?

실비 샤베르, 여기 잠들다. 1960. 1. 22. – 2015. 12. 25(오후 2시 30분에서 4시 30분 사이).

으슬으슬 떨린다. 걸칠 게 없는데 괜찮았으면 좋겠다. 아픈 건 싫으니까!

뭘 하면 부끄러움을 극복할 수 있을까, 곰곰이 생각하던 중 연상 작용으로 내 어시스턴트 로라가 퍼뜩 떠올랐다. 로라는 온종일 농담처럼 자신의 사생활을 나불대는 것으로 콤플렉스에서 벗어나는 부류다. 「더 보이스」*에 출연한 자기 남자의 복부 팽만, 자신의 생리통, 심지어 계모의 폐경에 이르기까지 못 하는 말이 없다. 내가 이해한 바에 따르면 로라는 왁싱을 열렬히 예찬한다. 맹목적이다 싶을 정도로. 그녀 말에 따르면 전체 왁싱, 일명 브라질리언 왁싱은 일곱 번째 천국으로 직행하는 엘리베이터란다.

* 미국의 서바이벌 보컬 오디션 프로그램.

괜찮아 보인다. 12월 25일 이전에 내가 오르가즘을 경험할 수 있다면 뭐, 까짓것! 나는 기꺼이 받아들이련다. 그렇게 좋다는데! 내가 직접 판단하고 싶다. 어쨌든 은밀한 부분을 제모한 적이 전혀 없는 내가 모르는 여자에게 음부를 드러낸다는 건 그 자체만으로도 굉장한 도전이 될 테다. 아무리 미용사라고 해도. 산부인과 의사에게 진찰을 받으러 갈 때도 매번 신경안정제 반 알을 먹어야 하는 게 나라는 인간이다. 그런데 모르는 사람의 털을 뽑아주고 여드름을 짜주는 것으로 하루를 보내는 미용사에게 간다니! 벌써부터 심장이 벌렁거린다. 하지만 나는 모범생이 되어 숙제를 해내고야 말 거다. 내 심리치료사 프랑크를 속이고 싶지 않다. 아주 좋은 느낌을 받은 남자인데. 그리고 그의 말마따나 나는 잃을 게 전혀 없고! 로라의 표현대로 말하자면, 내 '새끼 고양이'를 기꺼이 보여줄 수 있다.

'새끼 고양이'라고 하니까 마치 신체 일부에 애정이 있는 것처럼 느껴진다. 그래서일까, 나는 벌써부터 으스스 떨린다.

너무 떨려서 집을 나서기 전에 키르*를 두 잔, 아니 세 잔이나 단숨에 비웠다. 원래 술을 전혀 마시지 않는 나는 완전히 취했다. 하지만 무슨 상관이야, 나는 잃을 게 아무것도 없는데! 이제부터는 이것이 나의 새로운 좌우명이다! 나는 와싱숍에 도착해 유리문을 좀 거칠게 벌컥 열고 들어가다 자빠질 뻔했다. 깜짝 놀란 사람들이 어떤 멍청한 인간인지 보려고 일제히 고개를 들었다. 차분히 굴었어야 하는데 망했다.

명찰을 보니 나를 맞아준 여자의 이름은 신디다.

* 화이트 와인에 리큐어를 가미한 칵테일.

"보통, 섹시, 전체, 어떻게 하실 거예요?"

신디는 꼭 저렇게 큰 소리로 말해야 하는 걸까? 자기랑 나만 있는 것도 아닌데. 나를 뭐로 보고? 매춘부, 아니면 인중 털을 뽑으러 온 게 틀림없는 할망구로 생각하는 건가? 여자 셋이 흡사 깍지 속 완두콩처럼 인조가죽 소파에 나란히 앉아 갈라*의 흘러간 노래에 맞춰 잡지를 뒤적이고 있다.

"전체." 나는 어물어물 말했다.

나는 귀가 화끈거리고 심장이 벌렁거린다. 알코올 탓일까, 아니면 신디의 돌직구에 뜨끔한 것이 부끄러운 탓일까. 이윽고 신디는 내게 세 콩알 옆에 앉아 기다리라고 한다. 어찌나 민망한지 나는 잡지에 시선을 고정하고 들어본 적도 없는 채식주의자 신인 여배우의 허기증 발작에 관한 기사를 읽는 데 열중한다. 이 기사가 사실이라면 이 여배우는 밀싹 가루와 콜리플라워만 죽어라고 먹은 거다. 그녀의 가슴 사이즈는 리얼리티 방송에 나온 여자를 연상케 한다. 나한테는 완전히 낯선 세계의 여자다. 뜬금없이 저녁에 염소 고기와 시금치 타르트를 먹어야겠다는 생각이 든다. 그 순간 신디가 내 이름을 부른다.

* 이탈리아 출신의 싱어송라이터.

"실비, 당신 차례니까 이쪽으로 오세요."

"어떻게…… 다 벗고 시작하나요?"

소파에 앉은 여자들이 미소를 주고받는다. 나는 바보 같은 질문을 하는 데는 확실히 재주가 있다.

"아뇨, 윗옷은 입고 해요."

당연히 윗옷은 입고 하겠지! 나는 머리가 핑 돌면서 기절하든 토하든, 둘 중 하나는 할 것만 같다. 허기증 기사 때문에 구역질이 일어났던 거다. 게다가 신디가 95D 사이즈 가슴으로 나를 위협하고 있다. 그녀에 비하면 나는 물컹거리고 늙고 못생긴 느낌이 든다. 나는 안절부절못한 채 중심을 잃지 않으려고 신경 쓰면서 오른손으로 움켜쥐고 있던 팬티를 벗는다. 나는 이미 충분히 웃음거리가 되었다. 내 아랫배를 힐끔 쳐다보면서 또다시 뜨끔했다. 내 털이 몹시 부끄럽다. 이 정도로 숱이 많은지는 전혀 몰랐는데. 무슨 나무 분재 같다. 오글오글한 시커먼 털은 흉했고, 깎여 나갈 것이 털이 아니라 아마존 숲인 것 같은 느낌이 든다. 나의 털 숲에는 아무도 살지 않아서 다행이다. 나는 신디의 시선을 피한다.

"아파요?"

알코올의 느리고 묵직한 공격 때문에 혀가 꼬여서 발음하기가 힘들다. 내 자신이 한심하다.

"처음이세요?" 신디가 육욕적으로 묻는다.

다른 사람의 털을 뽑는 데서 성적 쾌감을 느끼는 사디스트에게 걸려들었나 보다.

나는 팔푼이처럼 미소를 지어 보인다.

"네, 미안해요. 털이 많아서."

나는 어찌할 바를 몰라서 킥킥 웃는다. 내가 얼마나 술에 약한지 잊고 있었다.

"걱정 마세요. 더 많은 사람도 봤는데요, 뭐. 처음에는 좀 힘들어도 금방 적응돼요."

"용기를 내려고 술을 좀 마셨더니……. 큰 도움이 되네요."

"허벅지를 많이 벌리세요."

제모는 이제 겨우 시작인데 나는 벌써 땀이 난다. 일명 '개구리 포즈'라고 하는 이 자세는 정말이지 불편해서 움직이지 않으려고 힘을 주자 허벅지 근육이 덜덜 떨린다. 10분 전만 해도 내가 전혀 모르던 여자, 의사 자격증도 없는 젊은 여자가 털을 잘 제거하기 위해 나의 대음순을 마사지하고 있다. 정육점 진열대에 놓인 고깃덩어리가 된 기분이다. 완전히 취했어야 했는데! 입이 마르고 관자놀이가 파닥거린다. 내가 이런 자세로 있다니 너무 부끄럽다. 대낮에 이런 각도로 이렇게 노골적으로 누운 나를 보고 있는 게 남자가 아닌 것이 분명한데도. 게다가 조명까지 음산하잖아! 나는 눈을 뜨지 않는다. 왜 이런 자학들을 하는 거지?

"아악!!"

나는 주정뱅이처럼 소리를 질러댄다. 지독히 뜨겁다. 불에 덴 것처럼 화끈거린다. 그럴 리 없겠지만 물집이 잡힐지도 모르겠다! 그러다 화끈거림이 좀 가라앉는다 싶으면 신디가 털을 모조리 뽑아낸다. 털이 싹 제거되는 거다. 산 채로 털을 뽑히는 느낌이다.

신디는 뜨겁게 녹인 왁스를 내 몸에 바르면서 아주 재미있다는 듯 나를 힐끔 쳐다본다. 집행관, 당신 할 일이나 하시지! 그렇게 재미있어하는 게 더 별로니까.

나는 대기 손님들이 불안해할까 봐 내 손을 깨문다. 전신마취를 하지 않고 이걸 하려면 마조히스트여야 한다. 화형대에 오른 마녀가 된 심정이 되어 나는 속으로 심리치료사를 저주한다.

"자, 지금부터가 진짜 시작이에요. 두 다리를 손님의 몸 쪽으로 들어요. 이제 항문 부위를 제모할 거예요."

이건 너무 지나치다. 나는 실없이 웃는다. 이제는 항문까지 내보이라고! 기저귀 교환대에 누운 커다란 아기처럼. 하지만 내 항문은 아기처럼 보드랍지도 않고 복숭앗빛도 아닐 텐데! 내 심리치료사가 나를 대견해하길 바란다. 일생에서 내가 이토록 수치스러웠던 적은 없었으니까. 이 모든 게 부끄러움을 이겨보라는 그 빌어먹을 놈의 숙제 때문이니까! 도대체 무슨 생각으로 브라질리언 왁싱을 선택했을까! 이 대단한 짓거리를 하고 얻은 결과를 보여줄 사람도 없으면서!

"이제 완전히 매끈해지셨어요! 봐요, 그렇게 끔찍하게 힘들진 않았죠?"

나는 기절할 것 같다.

나는 기절했다. 정신이 들었을 때 잘생긴 젊은 남자가 나를 내려다보고 있어서 내가 벌써 일곱 번째 천국으로 향하는 엘리베이터 안에 있나 보다 했다. 구급대원이 미주신경성 실신이라고 말했다. 정기권을 끊은 게 아니라서 다행이다. 다시는 그 사디스트 왁싱숍에 발을 들여놓고 싶지 않다. 내가 다시 오는 걸 신디가 반길 거란 확신도 없다. 자기 집 손님이 들것에 실려 나갔는데, 술집이라면 몰라도! 나는 구급차 안에서 옷을 입어야 했다. 구급대원들의 조소 어린 시선을 받으면서. 나는 이 구급대원들이 퇴임하는 날까지 두고두고 입에 오를 일화로 남게 되었다. 구급대원들이 집까지 바래다주겠다고 했지만 나는 아무것도 하지 말아 달라고 설득했다. 이 남자들의 배웅을 받는 건 더 심한 고문일 테니까. 나는 벽에 바짝 붙어서 힘겹게 집으로 들어간다. 몹시 혼란스럽다. 하지만 털이 다 뽑힌 내 팬티 안에서는 자유의 바람이 불고 있었다. 나는 집 안으로 들어가자마자 위스키를 약간 따라 단숨에 비웠다. 그 모든 감정을 추스르는 데는 약간의 알코올로 충분했다. 그리고 미친 듯이 웃었다. 술에 취해서 짓는 실소지만 그게 나를 진짜 미치게 만들었다. 이렇게 바보 같을 수가! 이런데도 내가 부끄러움을 극복했다고 말할 수 있을까! 내가 진짜 부끄러움에 채찍질을 가해서 그 한계를 넘어서긴 한 건가! 그러다 궁금해져서 확인해봤다. 매끈해지고 약간 불그레하고 아기 엉덩이처럼 보드라워져 있었다. 이상하게 감정이 누그러진다. 너무 오랫동안 못 보던 친구를 다시 만난 느낌이랄까. 좀 이상하지만 그리 흉하지는 않다. 아무튼 징그럽지는 않다. 털 없는 고양이 같을까 봐 걱정했는데. 하지만 보여줄 사람이 아무도 없다는 게 유감이다. 내 도전의 증거로 사진을 찍어서 프랑크에게 보여줄까 생각한다. 하지만 이내 깨닫는다. 얼마나 망측한 생각이람. 알코올이나 섣부른 에로틱 전이의 탓으로 돌린다는 것이. 내가 한심하기 짝이 없다.

"내가 대견스러울 거예요!"

나는 이틀 낮밤 동안 심리치료사에게 내가 해낸 일을 얘기하고 싶어서 안절부절못했다. 좋은 성적을 받고 싶어 하는 빌어먹을 모범생 콤플렉스, 항상 이게 문제다.

"왜죠?"

"당신이 시킨 대로 부끄러움을 극복하려고 도전했으니까요."

"그래서요?"

"진짜 도전했다니까요!"

"어쨌든 그러면서 즐거웠나 보군요."

"맞아요, 즐거웠어요. 이렇게 얘깃거리가 많기는 처음이에요. 그 순간에는 당신을 저주했고, 밉기까지 했어요. 동네의 작은 왁싱숍에서 엉덩이를 까고 있는 게 나로서는 진짜 악몽이었으니까요. 용기를 내려고 가기 전에 술까지 마셨다니까요!"

"아, 그래요?"

"네, 지금 생각해도 웃음이 나요! 다른 걸 해볼 걸, 아주 한심한 짓이었죠! 내가 실신해서 구급대까지 왔거든요."

"의식을 잃었나요?"

"네! 공복에 술을 석 잔이나 마신 상태로 두 다리를 쳐들고 있는 내 자신이 진짜 우스꽝스러웠죠. 머리가 핑 돌았고, 잠시 후 실려 나가는 걸 느꼈어요."

"대단한 모험이었네요!"

"네, 덕분에요!"

"그래서 후회합니까?"

"그렇기도 하고 아니기도 해요. 당시에는 아주 힘들었는데 지금 생각해보면 웃음이 나요. 그런 촌극이 벌어졌으니! 무엇보다도 나한테 그런 일이 일어났다는 게 믿기지 않아요. 전혀 나답지 않은 일이었으니까요!"

"생각보다 훨씬 재미있었나 봐요?"

"내 성격과는 어울리지 않는 표현이네요."

"당신의 성격이 어떤데요?"

"글쎄요. 나는 싫증을 잘 내는 사람이라고 생각해요. 그리고 순종적이죠. 반항은 내 전문 분야가 아니라서. 나는 어릴 적부터 부모님이 뭘 하라고 하면 정확하게 지켰어요. 부모님에게 늘 복종했고, 만족시켰고, 어질러놓은 적도 없어요. 내 마음에 들든 아니든 열심히 공부하는 모범생이었죠. 지금 말하면서 깨달았는데, 나는 부모님이 그려준 길에서 벗어난 적이 없었네요. 어렸을 때 아버지가 내 방문 바로 위에 가죽 채찍을 걸어놨었어요. 아버지가 그걸 사용한 적은 없지만 나는 채찍을 쳐다보는 것만으로도 겁에 질렸죠. 그 밑을 지나가는 게 힘든 일도 아니었는데 나한테"

는 큰 시련이었어요. 그래서 아버지가 그 채찍을 내리는 일이 없도록 최선을 다했어요. 부모님의 마음에 들기 위해 모범생이 된 거죠. 이제는 나에게 동기부여를 해줄 채찍은 필요 없어요. 내가 뭘 해야 하는지 알고 있으니까요. 부모님은 늘 말했어요. 우수한 성적과 좋은 직업이 중요하다고. 행복한 거, 즐기는 거, 친구를 사귀는 게 중요하다는 말은 한 번도 해준 적이 없어요. 내 부모님은 행복하지 않았다고 생각해요. 내가 행복한 아이였는지, 나에게 행복한 날이 있었는지도 모르겠고요."

"이제 부모님은 안 계시잖아요."

상담료에 포옹이 포함되지 않은 게 유감이다. 이 남자의 근육질 품에 꽉 안기고 싶어서 죽을 지경이다. 내가 살아 있다는 게 느껴지도록.

"네, 그래서 나는 길을 잃었어요. 마흔다섯 살의 노처녀가 슈퍼마켓에서 미아가 된 것 같다고나 할까요."

"당신이 어떤 여자인지 알기는 해요?"

"야해지고 싶은데 '성적 매력'이 별로 없는 여자라는 생각."

"당신에게 성적 흥분을 느끼는 남자가 전혀 없었습니까?"

나는 대번에 얼굴이 빨개진다.

"아뇨, 있긴 있었죠! 근데 되게 거북하네요. 내가 좀 부끄러움을 많이 타서. 그런 표현은 쓰지 않았으면 좋겠는데요."

"'성적 흥분'이라는 표현이 거북한가요? 그렇지만 마음에 드는 남자에게 성적 흥분을 일으키게 하는 건 아주 자연스러운 일인데요. 그건 좋은 말로 받아들여야 해요." 나에게 성적 매력을 전혀 느끼지 못하는 남자가 말한다.

"뭐 그렇겠죠."

"그런데 당신에게는 좀 너무 비유적이고 너무 노골적인 표현이라는 말이군요."

"그렇죠!" 이 남자는 나를 노처녀 취급을 하고 있다. "하지만 연애는 해봤으니까 함부로 생각하지 마세요."

"나는 아무 생각도 하지 않아요, 실비. 당신의 얘기를 들어주고 있는 겁니다."

이 남자, 참 섹시하다.

"좋아요, 오늘은 여기까지 하죠. 하지만 숙제를 잊으면 안 되겠죠."

이러는 거 보면 바보는 아니네. 이 남자는 내가 모범생으로서 숙제를 거부하지 않는다는 걸 제대로 파악하고 있는 거다.

"당신은 순종적이고, 늘 정도를 벗어나지 않았다고 했습니다. 이제부터는 당신의 눈에 비난받아 마땅해 보이는 짓을 저질러보라고 제안할게요."

"맙소사, 나한테 또 뭘 시키려고요?"

"내가 시킨다고요? 전혀, 결정은 당신이 하는 거예요. 다음 주에 봅시다, 실비!"

이 말은 다음 주에 만날 때까지 스스로 알아서 하라는 거다. 뭔가를 훔쳐본 적도 없고, 새치기를 해본 적도, 추월한 적도, 무단횡단을 한 적도, 심지어 황색 신호등일 때조차 속도를 낸 적이 없는 나다. 모든 일에 있어 나는 아주 이성적이다. 그런 내가 어떻게 비난받아 마땅한 짓을 할 수 있을까?

나는 늘 상점에서 물건을 훔치는 상상을 하곤 했다. 어릴 적엔 자질구레한 것들을 훔치는 아이들이 있었다. 립스틱, 사탕, 때로는 옷까지! 그 아이들은 훔쳐온 것들을 보물처럼 늘어놓으며 아주 쉽게 어른들을 속일 수 있었던 걸 자랑스러워하고 신나 했다. 아드레날린 분비로 흥분한 아이들은 발을 구르면서 기뻐했다. 그럴 때마다 나는 그 아이들에게 감탄했다. 그 애들의 행동은 분명 위법이기 때문에 나로서는 상상도 못 하는 일이었으니까. 나한테는 그런 대담함과 배짱이 없어서 그렇게 감쪽같이 어른들을 속일 수 없었다. 우선 내 다리가 나를 배신했을 것이다. 들킬까 봐 두려워서 근육이 굳었을 테니까. 그리고 붙잡혔을 거다. 아마도 부모님의 따가운 시선과 분노에 맞서기는커녕 말 그대로 부끄러워서 죽었을 거다. 아빠의 가죽 채찍이 날아오는 건 말할 것도 없고.

하지만 이제 내 부모는 이 세상에 없다. 나는 이제 여덟 살이 아니라 내 방광은 내가 조절하는 거라고 말할 수 있는 어른이다. 최악의 상황이 된대도, 부주의로 인한 실수였다고 핑계를 대면서 지갑을 꺼내면 되잖아? 솔직히 그래보고 싶어서 근질근질하다. 브라질리언 왁싱보다 더 최악일 수는 없겠지? 그것도 했는데 뭔들 못 하겠어? 어차피 여섯 주 후면 나는 이 세상에 없을 텐데.

심리치료사에게 뻐기고 싶기도 하고, 나는 잃을 게 아무것도 없으니 단골 대형마트 모노프리에서 행동에 옮기기로 결정했다. 과감하게!

장을 보러 가서 뭔가를 훔칠 거다. 뭘 훔칠지는 아직 모른다. 그냥 본능에 따를 거다. 나는 약탈자처럼 껌 한 통과 틱택 사탕 한 통을 슬쩍할 거다. 생각만 해도 벌써 떨린다. 진짜 처음이다.

이론상으로는 가능하다. 이제 실천에 옮겨야 한다. 그런데 내 본능이 괴상망측한 숙제는 당장 잊으라고 명한다. 심리치료사는 나를 인형 삼아 가지고 노는 사디스트일 뿐이라고. (좋아, 프랑키,

어디 덤벼봐!)

심리치료사는 가위질로 인형을 괴롭히는 어린 소녀처럼 즐기고 있다. 동네 왁싱숍에서 내가 굴욕 당했다는 얘기에 즐거워했으니까. 하지만 이번엔 자칫하면 붙잡혀 사람들이 보는 앞에서 개망신을 당할 위험을 무릅써야 하는데, 완전히 다른 문제다! 마흔다섯 살이 되도록 조용히 살아온 건 도벽 환자라는 이미지를 남기고 떠나기 위한 것이 아니다. 그렇지 않아도 나한테는 악몽 같은 기억이 있다.

어렸을 때 나는 학교 운동장에서 벌거벗고 있었던 적이 있다. 나를 에워싼 아이들이 두려움과 추위 때문에 푸딩처럼 부들부들 떠는 내 엉덩이를 손가락질하며 깔깔거렸다. 불쌍한 나는 깡마른 두 팔로 어떻게든 몸을 가리려고 애쓰며 질질 짜고 있었다. 내가 울수록 내 엉덩이는 더 떨렸고, 그럴수록 아이들은 더 웃었다. 나는 겁에 질려 식은땀을 흘리고 있었다. 그런데 오늘 그때와 거의 비슷한 악몽이 되살아난다. 모두가 보는 앞에서 매장 보안직원에게 붙잡혀 몸수색을 당하는 내 모습을 상상만 해도(여기에 무슨 에로틱한 의미가 있겠어?) 경직된다. 그때의 아이들은 마트 고객으로 대체되어 경멸하는 시선으로 나를 손가락질한다. 고압세척기로 씻어버려야 할 인생 낙오자, 미친 여자, 도둑년 취급을 하면서. 그 사람들 옆에서 아이들이 깔깔대고 웃는 사이 수갑이 채워진 나는 모노프리 단골들의 야유와 침, 조롱 같은 온갖 수모를 당하며 끌려 나간다. 하지만 DSK*처럼 성추문에 휘말려 추락의 길을 걷지는 않을 거다. 솔직히 나는 그런 끔찍한 시나리오 뒤에 혹시 관심의 중심에 선 기쁨이 감춰져 있는 건 아닌지 의문이 든다.

무관심의 중심에 서 있는 나. 나처럼 평범하고 솔직한 사람은 남의 눈에 잘 띄지 않는다. 여성인권단체 페멘(Femen)의 일원으로 모노프리에 가는 거라면 몰라도, 내게 포위망을 뚫고 나갈 기회는 얼마든지 있을 거다. 나에게 부족한 것을 긍정적으로 생각하고 싶다. 링에 올라갈 준비가 된 복서처럼 나는 심호흡을 한다. 나는 이 내면의 싸움을 위한 정신적인 준비를 해야 한다. 나는 도둑이 아니라 그저 스스로의 한계를 알고 싶은 자살하려는 여자다. 이건 연습이고, 인지행동요법의 일환으로 하는 삶의 체험이다. 나는, 사디스트지만 지독하게 섹시한 치료사의 손에 걸려든 모르모트이자 인간 심리학 월권행위의 희생자다. 그러니 최저

---

* 프랑스의 경제학자이자 정치인인 도미니크 스트로스 칸의 이니셜. 2007년에 IMF 총재가 되면서 유력한 차기 대통령 후보로 올라섰으나, 2011년 미국 뉴욕에서 성폭행 혐의로 체포됐다.

임금을 받고 일하는 보안직원은 내가 자아를 찾지 못하도록 막을 수 없는 거다!

으, 이런! 그래도 나는 할 거다. 나는 마흔다섯 살에 비난받아 마땅한 행동에 도전할 거다. 그래, 할 거다. 나는 트렌치코트를 걸치고 나선다. 생각이 많아져서 계획을 망치면 안 된다. 생각을 비우고 자동인형처럼 행동하자. 그래, 이제 출발이다. 현관문이 쾅 하고 닫히자마자 벌써 손이 축축해지고 심장이 쿵쾅거리면서 폭발하기 직전이다. 권총 강도들은 어떻게 압박감을 이겨낼까? 내 인생은 워낙 무미건조했던지라 위법행위(봉벡 와인 한 병 훔치는 것쯤이야 식은 죽 먹기라고들 하겠지만)를 한다는 생각만으로도 공포를 느끼고 가슴이 두근거린다.

　길을 가는데 보이지 않는 힘이 내 다리를 붙잡는다. 그럼에도 나는 용기를 내어 모노프리 앞까지 돌진한다. 나는 다시 두려움을 극복해본다. 이목을 끌지 않으려고 평소대로 고개를 숙이고 바쁜 체하면서 반쯤 조는 매장 보안직원 앞을 살금살금 지나간다. 그러고는 가슴을 진정시키기 위해 내가 자주 들르는 코너를 훑어보기 시작한다. 차 코너는 늘 나를 행복하게 해준다. 다양한 포장의 차들을 구경하는 게 좋다. 몇몇 상표를 보고 있으면 여행하는 것 같다. 은은하게 풍기는 차의 향기, 시선을 끄는 색깔, 몇몇 포장지에 도안된 예술적인 글씨, 이국적인 원산지들, 나에게는 신기루 같고, 미지의 지방을 여행하는 것 같은 환상을 준다. 차 봉지들을 만지자 진정이 되지만 이날의 과업을 잊게 할 정도는 아니다. 숨을 들이마신다. 나는 용기를 내기 위해 크리스마스 날, 물 한 잔에 수면제를 한 움큼 삼키는 내 모습을 상상한다. 틀림없이 배가 땡땡해져 있을 거다. 크리스마스 케이크를 잔뜩 먹었을 테니까. 하얀 알약을 몽땅 입안에 털어 넣는 건 아마 그리 유쾌하지 않을 거다. 무엇보다 소화하는 데 문제가 있어서. 하지만 나는 털어 넣을 거다. 팔의 힘은 약하지 않을 거고, 손은 떨리지 않을 거고, 목구멍은 그 알약들을 도로 토해 내지 않을 거다. 그리고 제일 예쁜 수영복을 입고 따뜻한 물을 받아놓은 욕조에 들어갈 거다. 다시는 깨어나지 않기 위해 거품이 잔뜩 인 욕조의

후덥지근한 열기 속에서 마지막으로 행복한 신음 소리를 내며 평온하게 잠들 거다. 이 생각만 해도 위안이 되고 힘이 난다. 죽는 것이 두렵지 않으면 사는 것도 두려워하지 말아야 한다. 어느 정도는. 좀 더 동기부여를 하기 위해 나는 거품 입욕제가 있는 코너로 향한다. 인공 사과향이나 복숭아향처럼 메슥거리는 냄새를 흡입하면서 죽고 싶지는 않다. 나는 은은하면서 위안이 되는 걸 원한다. 마지막 여행을 위해서는 마다가스카르 바닐라향이 딱이다. 하지만 또 한 번 구급대원들을 당황하게 만들 순간이 오기 전에 나는 일단 내 임무를 완수해야 한다. 실비, 시작해! 넌 할 수 있어! 나는 좌우를 살핀다. 아무도 없다. 나는 부르봉 바닐라향 거품 입욕제 한 병을 트렌치코트 오른쪽 주머니에 집어넣는다. 코트 안감에 닿는 병의 무게가 느껴진다. 병 무게가 1톤은 되는 것 같고 코트의 오른쪽 자락이 우그러진다. 내 허벅지에 닿은 병이 흔들린다. 단순한 접촉인데도 심장이 쫄깃해진다. 이건 작은 고문이다. 나는 회개하는 의미에서 비싼 물건들을 장바구니에 담는다. 주름살 방지 바이오크림, 눋음 방지 코팅 프라이팬, 네 겹 화장지, 막힌 배수구를 뚫는 데 사용하는 초강력 약품. 장바구니가 어느새 다 차지 않았다면 속죄하는 뜻에서 토스터와 커피 메이커를 추가할 수도 있었을 텐데. 내 잘못에 대한 대가를 돈으로 치르기 위해서. 모노프리, 나를 용서해. 내가 산 것들을 계산하면 매장에 있는 부르봉 바닐라향 거품 입욕제를 몽땅 살 수도 있는 금액이다. 하지만 여기까지는 문제가 없다.

문제는 어떻게 해야 오줌을 지리는 일 없이 천연덕스럽게 계산대 앞에 서느냐다. 벌써 다리가 후들거리지만, 견뎌내야 한다. 눈치 없이 트렌치코트 주머니에서 삐죽 나온 거품 입욕제 병과 함께 바닥에 누워 있는 내 모습을 상상하는 것만으로도 아찔해서 덜컥 겁이 난다. 그렇게 청승맞게 실패해서는 안 된다. 나는 휘청거리면서 계산대 앞으로 다가간다. 목이 메고 숨 쉬는 게 힘들다. 침착해야 한다. 심호흡. 나는 우물쭈물하지 않고 돌아서서 주류 코너로 돌진한다. 사람이 너무 많다. 나는 보드카 한 병을 집어 들고 한적한 화장지 코너로 간다. 빌어먹을, 도난 방지 장치 때문에 병뚜껑을 딸 수가 없다. 그렇지만 마음을 진정시키기 위해서는 묘수가 필요하다. 나는 숨을 들이쉬고 곰곰이 생각한다. 아이디어가 떠오른다. 나는 화장실 탈취제 코너 한복판에다 병을 소리 나게 내려놓고 청소용 세제 코너로 도망친다. 글쎄, 괜찮은 생각인지는 모르겠지만 병이 중하면 약도 세게 써야 한댔다! 나는 옛날식 마루 광택용 왁스 한 단지를 공략한다. 뚜껑을 대충 열고 뇌를 마비시키기 위해 냄새를 맡는다. 풀이나 혈관 확

장제를 흡입하는 이들도 있지만 나는 왁스 냄새를 맡는다. 안 될거 없잖아? 무엇보다 내 허벅지를 건드리는 입욕제를 생각하지않는 데는 딱 좋다. 내가 아주 좋아하는 마룻바닥 광택제 냄새에집중한다. 나는 냄새를 다시 맡으면서 셋까지 셌다. 그리고 더는생각하지 않고 고개를 숙인 채 계산대로 향한다. 그때 나의 잔꾀가 매장 보안직원을 무기력한 상태에서 깨어나게 했음을 깨닫는다. 보안직원이 나를 미행하고 있었다. 얼굴이 확 달아오르면서트렌치코트 안에서 식은땀이 줄줄 흐른다. 두려움이 뇌를 마비시키고 있었다. 감정적 뇌만 남아 이성적 뇌와 바통 터치를 한다.장이 반란을 일으킨다. 나는 들키고 말 거다.

"부인! 부인!"

나는 못 들은 체한다. 턱에서 경련이 심하게 일어서 소리를 지르거나 자백할 수도 없다. '죄송해요, 죄송합니다, 내가 한 게 아니에요. 일부러 그런 거 아니었어요!' 하지만 나는 붙잡히기 쉽게 바닥에 드러눕기 직전이다.

"부인! 실례합니다, 부인!"

매장 보안직원이 어깨를 잡는 순간 나는 겁에 질려서 장바구니를 떨어뜨릴 뻔했다.

"네?"

나는 아무 소리도 들리지 않는다. 귀 안에서 벌떼가 엄청나게 크게 윙윙거린다. 뇌졸중으로 쓰러질 것 같다.

"이거 사시는 겁니까?"

"뭐라고요? 잘 안 들려요, 내가 이명 증상이 있거든요!"

나는 패닉 상태다. 매장 보안직원의 아프리카 억양에 나는 최악의 사태를 걱정한다.

"광택제 뚜껑을 땄으니까 이건 사셔야 합니다."

"뭐라고요?"

"못 알아들으셨습니까? 손님이 열어본 광택제를 사셔야 한다고요!"

"네? 아, 미안해요! 내가 그걸 왜 안 넣었지? 고마워요!"

나는 눈물이 글썽해서 보안직원의 손에서 광택제를 빼앗고 허벅지에 힘을 주며 계산대 앞으로 간다. 예상보다 빨리 네 겹 화장지가 필요할 것 같다.

계산대에 서서 나는 선글라스를 쓴다. 나는 그리 몰상식한 사람이 아니다. 말 그대로 허벅지를 화끈거리게 하는 거품 입욕제를 생각하지 않으려고 애를 쓴다, 생난리를 치는 장은 내버려두고. 나는 고통의 신음을 내뱉는다.

"모노프리 카드 갖고 계세요?"

"네, 아뇨!"

"뭐라고 하셨어요?"

"내가 급해서 빨리 집에 가고 싶은데요!"

인도인 계산원이 태연하게 나를 쳐다본다.

"모노프리 카드가 있으면 몇몇 상품에 대해 30퍼센트 할인을 받을 수 있습니다. 손님에게 이익이라서요. 특히 광택제와 프라이팬은 할인이 되거든요."

"됐어요, 오케이? 내가 배탈이 났어요. 배가 아프다고요. 설사를 하게 생겨서 빨리 가야 한다고요!"

계산원이 흰 치아를 드러내면서 미소를 지어 보인다. 마치 내가 자기에게 짓궂은 농담을 했다는 듯. 몇몇 손님이 나를 향해 하얗게 질린 시선을 던진다. 마치 내가 자기들 얼굴에 대고 방귀를 뀌었다는 듯. 웃음을 참으며 슬쩍 고개를 돌리는 이들도 있다. 이건 시련이다.

"오케이, 오케이!" 계산원이 장난치듯 말했다.

나는 체크카드를 내밀고 물건을 시장 가방에 넣다가 절반쯤 바닥에 떨어뜨렸다.

초조한 나머지 카드를 받자마자 뛰어간다.

"부인, 여기 떨어진 물건 가져 가셔야죠!"

나는 돌아보지도 않고 소리친다.

"괜찮아요!"

나는 바깥 공기를 마시기 위해 서둘러 나간다. 그리고 미친듯이 뛰어서 아파트로 돌아온다. 그렇게 느릴 수가 없는 엘리베이터 안에서 하마터면 바지를 더럽힐 뻔했다. 나는 엉덩이에 힘을 주고 미친 듯 날뛰는 장을 진정시키기 위해 천천히 숨을 쉰다. 층계참에서 시장 가방을 놓치는 바람에 요란한 소리가 났지만 덕분에 방귀 소리가 묻혔다. 나는 여전히 엉덩이에 힘을 주면서 열쇠 구멍에다 신경질을 부린다. 마침내 현관문을 열고 들어가서 문을 쾅 닫는다. 아직은 옷을 입고 있기 때문에 무너지지 않기 위해 쥐어짜듯 괄약근에 힘을 불어넣는다. 그리고 마침내 변기에 앉아서 행복한 숨을 내쉬며 너무나 벅찬 감정을 진정시킨다. 다리가 후들거리고 배 속에서 또다시 나이아가라 폭포 소리가 난다. 화장실에 참을 수 없는 냄새가 진동한다. 내 두려움의 냄새. 나는 두 손으로 머리를 감싸 쥐고 깨닫는다. 매장 보안직원에게 들켜서 웃음거리가 되는 위기 상황은 모면했지만 하필 찾아낸 방법이 최악의 변명을 둘러대는 것으로 훨씬 더 나를 조롱거리로 만들었다는 걸. 이 모든 게 도둑질 때문에 시작된 거다. 얼마나 아이러니한지! 설상가상으로 나는 내가 돈을 낸 물건의 절반을 포기했다. 나는 웃고 싶고 울고 싶다. 웃고 싶은 건 그 짧은 몇 분이 내 인생에서 가장 강렬한 순간이었기 때문이고, 울고 싶은 건 솔직히 명예롭지 않았기 때문이다. 그리고 내가 좋아하는 마트에 다시는 발을 들여놓을 수 없기 때문이기도 하다. 오늘부터는 인터넷으로 장을 볼 거다.

나는 화장실을 환기시킨 다음 시원하게 샤워를 하고 나와서 낮잠을 잔다. 나라는 슬픈 인간에 대한 평가를 내리기 전에 잠잘 필요가 있어서다. 지금으로서는 그리 달라진 건 없으니까. 나는 여전히 소심하고 겁이 많은 여자다. 세월은 아무것도 하지 않았다. 요컨대, 나는 생각보다 훨씬 바보 같다!

"안녕하세요, 실비."

"안녕하세요, 닥터."

"닥터? 나는 심리치료사예요. 프랑크라고 불러도 돼요."

나는 이 남자를 프랑크라고 부를 기분이 아니다. 이 남자는 내 친구가 아니다. 하물며 애인도 아니고 속내 이야기를 할 수 있는 사이도 아니다. 그냥 나의 심리치료사일 뿐이다.

"지난 한 주는 어땠어요?"

"그저 그랬어요."

"들어봅시다."

"내가 정말로 나를 알고 싶은 건지 모르겠어요."

"그게 무슨 말입니까?"

"내가 발견한 것은 그리 흥미롭지가 않아요. 게다가 내 부끄러움을 시험해보는 게 뭔가 재미있긴 했지만 결과적으로는 아니었다고 봐야죠! 당신이 나한테 시킨 일은 혐오스럽고 아주 굴욕적이었으니까요."

"하지만 나는 당신에게 아무것도 시키지 않았습니다, 실비! 난 그저 일탈을 해보라고, 가족이라는 굴레에서 벗어나보라고 제안했을 뿐이에요. 뭐가 그토록 굴욕적이었죠?"

"전부 다! 그래요, 당신이 상점에서 물건을 훔치라고 꼭 집어서 말한 건 아니죠. 하지만 그래도 나는 당신의 조언을 따른 거예요! 나에게 비난받아 마땅한 짓을 해보라고 말한 건 맞잖아요? 아무튼 솔직히 말해 형편없는 짓이었어요!"

"왜 형편없는 짓이었나요?"

"말 그대로 내가 똥이 됐으니까요. 상스럽게 말해서 미안하지만, 슬프게도 그게 진실이거든요! 내가 그렇게 무능할 수가 없었어요! 계산대에서 조롱거리가 되었고, 내가 사는 동네의 모노프리에서 멍청한 키다리처럼 혼자 똥줄이 탔으니까요! 어찌나 무섭고 두려운지 냉정을 잃을 뻔했는데 그게 다 뭐 때문인지 알아요? 코트 주머니에 슬쩍 집어넣은 거품 입욕제 때문이었다고요!

만족해요?"

"만족할 것도 불만족할 것도 없어요. 근데 화가 많이 나 있군요."

"당연히 화가 나죠. 화가 나서 미치겠어요. 당신 말을 들은 것에 대해 화가 치민다고요! 굴욕을 당한 것 그리고 예견할 수 있었는데 실망스러웠던 것에 대해서도 화가 나서 미치겠어요. 그런 숙제는 나와 맞지 않아요. 사실 나는 내가 누군지 아주 잘 알고 있으니까요. 그야말로 사면초가였어요."

나는 극도로 흥분한 상태다. 나는 상담실에 놓인 아프리카 조각상을 심리치료사의 얼굴에 던지고 싶다. 무례한 표정으로 비웃고 있는 조각상들이 나를 불안에 빠뜨린 매장 보안직원을 떠올리게 한다. 나는 아프리카 예술에 대한 조예가 없다. 저 조각상들이 못생겼다는 것 말고는 아무것도 모른다.

"솔직히 말해 부모님은 나한테 비범함이라든가 어떤 매력, 어떤 잠재력도 없다는 걸 대번에 알아차렸고, 나를 위한 최선은 내가 갈 길을 그려주는 거였다고 생각해요. 조용히, 모호하지 않게!"

"따라서 오늘은 부모님에게 고마운가요?"

"몰라요, 나도 모르겠어요! 다만 내가 아는 건 내가 생각하는 걸 좋아하지 않는다는 거예요. 그리고 나에게 벌을 주는 이런 굴욕적인 상담을 계속할 만큼 나는 마조히스트가 아니에요. 따라서 상담을 그만두겠어요!"

"결정은 당신이 하는 겁니다. 실비. 다시 말하지만 나는 아무것도 강요하지 않아요. 그 도전에 뛰어든 건 당신이고 그걸 선택한 것도 당신이에요. 당신이 그런 상황에 빠진 건 유감스럽지만 그게 당신의 마음을 달래줄 수 있다면 나는 당신이 진일보한 거라고 생각해요. 당신은 묻어두고 있던 감정들을 끌어올리고, 흥분하고, 상상도 못한 분노를 표출하면서 그 어느 때보다 강렬하게 살고 있어요. 이건 오히려 긍정적인 신호 아닌가요?"

"그렇게 생각하세요?"

"네. 이 분노를 어떻게 가라앉힐 건가요, 실비? 뭐가 도움이 될까요?"

"섹스!"

간헐천처럼 이 말이 튀어나왔다.

"멋지네요! 다음번 상담 때 얘기해줄 거죠?"

그렇게 말하고 나서 심리치료사는 나를 문 앞까지 배웅했다. 아주 만족스러운 얼굴로. 나는 층계참에 꼼짝 못 하고 서 있다. 얼이 빠져서 기계적으로 옷매무새를 가다듬는다. 방금 무슨 일이 일어났는지 이해하는 데 시간이 좀 걸린다. 내가 어떻게 그렇게 선정적으로 나올 수 있었을까? 내가 어떻게 그런 폭탄 발언을 내뱉었을까? 섹스라는 단어에 공포감을 가지고 있는 내가. 나는 '섹스'를 한 적이 없다. 해보기는 했다. 늘 좋았던 건 아니지만 언제나 부드럽고 정중했다. 나는 남자가 추근덕대는 걸 즐기고 섹스에 환장하는 '밝히는 여자'였던 적이 없다. 그러므로 열정적인 섹스도 못 해봤다. 감각을 잃고, 헐떡이고, 신음을 내지르며 동물의 왕국 시절로 돌아갈 만큼 흥분해본 적도 없다. 무엇보다, 우스울까 봐서 나는 늘 적절하고 이성적인 섹스를 했다. 오르가슴에 달한 적이 없다. 사실, 손질한 머리가 흐트러지지도 않을 정도였다. 내 욕망의 힘에 문제가 있다. 고전적이고 동물적이고 원초적이고 완전히 부적절하다. 그래, 인정한다. 솔직히 나는 빌어서라도 남자의 희롱을 받고 싶다. 머리채를 휘어잡히고, 엉덩이를 찰싹찰싹 얻어맞고 싶고 남자가 내 다리에 의지해 내 안으로 깊이 들어왔으면 좋겠다. 나는 숨을 헐떡이고 싶고, 땀에 흠뻑 젖은 온몸에 전기가 흐르고 목이 마르고, 쉰 목소리로 괴성을 지르며 온몸을 요동치게 하는 강력하고 강렬하고 황홀한 그 희열의 파도를 느끼고 싶다. 영화에서처럼! 그러면 더 노골적인 말도 할 텐데, 날 먹어달라고, 남자의 그것을 먹고 싶다고!

근데 내가 왜 이러지? 호르몬 지진인가? 아니면 단순한 철분 부족 증상인가?

어떡하지? 어떻게 행동하면 될까? 어디서? 언제? 누구랑? 푸석푸석한 머리, 각진 얼굴, 절벽 가슴, 볼품도 활력도 없는 몸으로 어떻게 남자를 유혹하고 욕정을 자극하지? 마흔다섯 살 나이에도 섹스어필이 되나? 내가 색기가 넘쳐흐르는 타입이었더라면. 시작부터 글렀다. 무엇보다도 나를 불러주는 파티조차 없는데.

생각에 잠긴 나는 눈과 얼굴을 할퀴어대는 추위 때문에 감각이 없는 상태로 집으로 향한다. 가을이 한층 무르익어 있었다. 머지않아 겨울이 올 것이고, 거리에 크리스마스트리가 등장할 거다. 나는 집에 도착해 현관 전등을 켜고 거실로 들어간다. 내 아파트에서 풍기는 슬픔에 놀랐다. 마치 레이저 수술을 받은 듯 나는 시력을 회복했다. 노란 불빛이 음울하다. 텅 빈 집에서 마룻바닥이 음산하게 삐걱거린다. 어둡고 칙칙하고 생기라곤 없이 고요하다. 주방 식탁 위에 놓인 내가 먹은 아침의 설거지 거리를 보니 우울해진다. 나는 얼른 그것들을 반쯤 빈 식기세척기 안에 집어넣는다. 약간의 생기를 만들기 위해 세척기를 돌린다. 그리고 으스스해서 히터를 켠다. 실내장식을 바꿔볼까? 페인트칠을 새로 하고, 소파침대와 더 모던한 탁자를 들여놓을까? 근데 내가 그럴 형편이 되나? 무슨 상관이야, 크리스마스까지 두 달만 살면 되잖아?

기적적으로 내가 남자를 집으로 데려온다고 치자. 조기 은퇴자의 아파트처럼 우중충한 이 집구석을 보면 내가 어떻게 보이겠어? 내가 남자를 데려오는 것은 야밤에 글자 맞추기 놀이나 하려는 게 아니다. 섹스를 하려면 따뜻한 분위기로 바꿔놓을 필요가 있다. 문득 아빠가 떠오른다. 그리고 아빠가 평생 동안 저축한 돈도. 그래서 생각한다. 묘지를 사는 데 비싼 돈을 지불했는데 나를 위해 거실 하나도 새롭게 꾸미지 못해서야! 아무리 두 달을 살기 위한 것일지라도. 무엇보다 두 달을 살기 위해서. 멋진 소파 침대를 찾는 건 내가 얼마든지 할 수 있는 일이다. 하비타트나 무지, 콘란 같은 리빙숍에 가서 고르면 된다. 하지만 연인을 찾는 건 더 복잡한 문제다. 그런 걸 파는 상점은 없다. 그런 데가 있다면 벌써 오래전에 멤버십 카드를 만들었을 텐데.

나는 생각에 잠겨 새로 산 프라이팬의 열기에 오그라드는 달걀 프라이를 쳐다본다. 더는 화가 나지 않는다. 그저 피곤하다. 저녁마다 아빠와 나누던 짧은 통화가 그립다. 피곤하고 외롭다.

나는 침대 이불 속에 웅크린 채 계획을 짠다. 베로니크에게 사람들로 북적거리는 9구나 11구의 바 중 하나에서 모히토를 마시며 여자들만의 파티를 하자고 제안해볼까? 누가 알아, 술과 축제 분위기, 희미한 조명 덕분에 잘될지도 모르잖아? 하지만 베로니크가 남자를 낚으러 바를 전전하는 데 적합한 동행일지 모르겠다. 개에 대한 그녀의 사랑이 차츰 남자에 대한 사랑을 무디게 만들었다. 베로니크도 나처럼 성생활과 담쌓고 있었다. 베로니크는 5년 전 남편 장과 헤어졌을 때 큰 충격을 받았고, 아직도 남편이 젊은 요가 강사와 바람이 나서 자기를 버렸다는 걸 이해하지 못하고 있었다. 그 충격으로 체중이 20킬로그램이나 늘었다. 그때부터 베로니크는 마치 뚱보가 되기로 결심한 것 같다. 몸의 소중한 분자들이 고장 나서 이혼을 극복하게 도와주는 거라고 말했지만 나는 속지 않는다. 나는 베로니크가 자신도 모르게 칼로리가 높은 음식을 게걸스럽게 먹었기 때문이라고 생각한다. 아니, 틀림없다. 내가 전화 걸 때마다 입에 음식이 잔뜩 들어 있는 목소리로 받았으니까. 그녀는 설치류 동물처럼 온종일 야금야금 먹고 있다. 뚱뚱한 50대 여자는 통통한 다람쥐나 토실토실한 토끼만큼 귀엽지 않다. 베로니크는 고통을 내뱉지 않으려고 삼켜버리는 거다. 공허할까 두려워서 배를 채우고 있는 거다. 나는 그녀가 상처를 받을까 두려워서 아무 말도 하지 않는다. 꼬치꼬치 따져 물을 일이 아니다. 내가 그녀에게 웰빙 운운하며 조언할 자격이 되나? 나는 이제야 깨닫는다. 땅딸막한 베로니크와 말라깽이 키다리인 나는 로럴과 하디* 못지않은 콤비를 이루고 있다는 걸. 베로니크나 나나 미스 프랑스 선발대회에 나갈 수준의 미모는 아니니까. 우리는 오랫동안 알고 지낸 가까운 사이지만 성생활에 대해서는 말한 적이 없었다. 서로의 경험을 털어놓은 적도 없었다. 변명을 하자면 나는 성생활에 대해 말해줄 게 전혀 없었다. 새로운 것도 흥미로운 것도 전혀 없기 때문에. 내 성생활의 심전도는 늘 밋밋했으니까. 베로니크도 장과의 부부 생활에 대해 나한테 얘기하지 않았다. 나에게는 그러는 게 낫다. 우리는 서로를 이해하기에 조심한 거다. 어차피 그녀가 속내를 털어놨더라도 나는 뭐라고 대답해줄지 몰랐을 테고. 나는 늘 짐작했다. 그들의 침실에서 대단한 일이 일어나진 않을 거라고. 그리고 장이 아내를 버리고 요가 강사와 떠나버린 건 무슨 이유가 있어서라고. 나는 전문가를 찾아가야 한다. 이 방면의 전문가로 내가 유일하게 아는 사람은 내 어시스턴트 로라다. 로라는 섹스에 관해 자

---

* 깡마르고 왜소하고 수줍음 많은 로럴과 비대하고 까다로운 하디의 대조를 강조한 우스꽝스러운 행동으로 관중을 웃긴 20세기 초 무성영화 시대의 코미디 콤비.

기가 선호하는 것들을 모든 사람에게 떠들어대며 즐거워한다. 회사 동료들에게는 커피 머신 주위와 셀프서비스 식당에서, 친구들에게는 전화로, 그리고 나에게는 간접적으로 자신의 성생활에 대해 늘어놓는다. 내가 '간접적'이라고 하는 건 로라가 나에게는 어쩐지 말을 아끼려고 하는 게 느껴지기 때문이다. 내가 그녀의 상사라서가 아니다. 그녀는 그런 거에 얽매이는 타입이 아니니까. 오히려 나를 배려해주는 거라고 보는 게 맞다. 내가 남편도 자식도 애인도 없이 혼자 산다는 걸 알기 때문이다. 그녀는 내가 사적인 통화를 하는 적도, 꽃다발을 받은 적도, 서프라이즈 점심을 먹자고 나를 '납치하러' 오는 남자도 없다는 걸 잘 알고 있다. 내가 생일 선물로 뭘 받았다고 떠들고 다니는 적도, 낄낄거리며 통화하려고 사무실에 틀어박히는 적도, 마치 외박한 것처럼 다음 날 같은 옷을 입고 출근한 적도 없다는 걸 잘 알고 있다. 어쩌다 잠 못 드는 밤들은 그저 내가 진드기에게 보너스를 줄 뿐이라는 걸 알고 있다. 그녀는 나에 대해 알아야 할 게 아무것도 없다는 걸 알고 있다. 특별히 관심을 가질 만한 게 내겐 전혀 없다는 걸 그녀는 알고 있다. 내겐 감출 것도, 꿈꾸는 것도 전혀 없다는 걸 알고 있다. 나는 그저 고용주를 행복하게 하는 사람일 뿐이라는 걸. 내가 일주일에 5일, 하루에 8시간씩 열심히, 에너지 넘치게, 성실하게 일하는 사람이라는 걸. 내가 고객의 이익을 위해, 초심자에게는 항목이 많고 판독하기 힘든 계약서를 작성한다는 걸. 내가 격식을 따지지도 않으면서 담배 피우려고 잠깐씩 쉬는 일도 없이 그저 일만 한다는 걸. 로라는 나에게 자신의 오르가즘을 계속 얘기하는 것은 식욕부진으로 고생하는 사람 앞에서 초코 생크림을 욱여넣는 거나 다름없다고 생각하는 게 틀림없다. 순전히 도발하는 걸로 보일 테니까. 나는 로라에게 도움을 청하기로 하고 마침내 잠든다. 미용사 신디의 말에 따르면 나의 치모가 다시 자라는 데는 열흘이 걸린다. 그 모든 노력에 대한 보상을 주지 않는다는 건 유감스러운 일일 거다. 나는 매끈해진 부위를 어루만진다. 남자의 손이 닿지 않은 지 얼마나 됐지? 헤아려볼 용기가 나지 않는다.

다음 날 아침, 나는 약간 긴장해서 사무실에 도착한다. 로라에게 하룻밤 상대를 찾아달라는 부탁을 해도 될지 자신이 없다. 입이 가벼운 여자라서 이내 사무실 사람들 모두가 알게 될 거다. 그러면 내 직업적인 평판은 굿바이인데.

로라는 늘 그렇듯 기분 좋게 나를 맞아준다.

"커피 내릴 건데 한 잔 가져올까요?"

"아, 고마워. 그리고 뭐 하나 부탁할 게 있는데."

"파야르 계약에 무슨 문제가 생겼나요?"

"아니, 전혀, 그거랑 아무 상관없는 거야. 그게, 음⋯⋯. 사적인 부탁이 있어서."

로라의 얼굴에 놀라는 기색이 역력하다. 갈색 머리의 예쁘장한 로라는 특별한 데는 없지만 뭔지 모르게 마음을 끄는 매력이 있다. 그녀는 건강미가 넘치고, 운동을 좋아해서 월요일 저녁부터 줌바 댄스를 추러 다니는 부류다. 자기 자신에 대해 만족스러워하는 것이 눈에 보인다. 늘 웃는 얼굴에 거리낌이 없고, 꾸밈이 없고, 가무잡잡한 얼굴에 예쁜 갈색 눈. 그녀는 이목을 끌 줄 아는 여자다.

"아, 그래요? 그럼 금방 돌아올게요!"

솔깃해진 로라는 내가 무슨 부탁을 할지 아주 궁금한 얼굴로 멀어져간다.

뭐라고 말하는 게 좋을까?

"여기요, 뜨거우니까 조심해요! 이제 얘기하세요!"

로라가 장난기 섞인 얼굴로 나를 쳐다본다. 그녀는 생기발랄하고 서글서글하다. 콱 깨물어 먹고 싶은 먹음직스러운 사과를 연상시킨다. 그녀에 비해 나는 마지못해 우물우물 삼키는 시든 그린빈 같다. 로라는 나에게 부족한 것들을 갖고 있다. 그중에서도 장난기, 경쾌함, 사는 기쁨, 매력. 다 갖고 있다.

"문 좀 닫아줄래?"

"네, 그래야죠!" 로라는 이제 키득거린다. "그래서 내가 도와줄

게 뭔데요?"

한순간 나도 로라의 서른한 살 동갑내기 친구가 되어 말도 안 되는 것들로 수다를 떠는 기분이다.

"먼저 아무에게도 말하지 않겠다고, 소문내지 않겠다고 약속해. 아니면 업무상 과실 책임을 물어 자기를 해고할 거야."

로라는 기가 죽기보다는 호기심이 동한 얼굴로 오른손을 들고 내 눈을 똑바로 쳐다보면서 선서하듯 약속한다.

"약속해요, 실비!"

"오케이, 웃으면 안 돼! 자기는 사교 생활을 많이 하잖아. 그래서 조언이 필요해. 하룻밤을 보낼 남자를 만나려면 어디로 가서 어떻게 해야 하는지 알고 싶은데?"

로라는 멍하니 입을 벌린 채 나를 쳐다본다. 내가 이런 부탁을 할지는 전혀 예상도 못 한 것이다. 말문이 막혔다는 게 맞는 표현일 거다. 이윽고 로라가 두 손으로 박수를 친다. 바비 인형을 손에 넣은 어린애처럼 흥분해서.

"와우, 실비!! 잘 생각했어요! 멋져요!! 드디어 껍데기를 깨고 나오는군요!!"

"쉿! 소리 좀 낮추지!"

"저녁에 같이 바에 가주길 바라는 거죠?"

"아니, 그건 안 되지. 그러면 내가 너무 불편하니까. 그리고 자기가 옆에 있으면 내가 너무 비교가 되는데."

"무슨 그런 말을! 실비는 못생기지 않았어요!"

로라는 내 표정에서 적절한 대답이 아니었다는 걸 알아챈 게 틀림없다.

"아, 미안해요, 내 말은, 그런 뜻이 아니라."

"됐어, 내가 바보 같았네, 부탁하지 말았어야 했는데. 잊어버려!"

"농담이죠? 내가 한 사람 찾아볼게요! 어떤 남자가 좋아요? 갈색 머리? 금발? 적갈색 머리? 대머리라도 괜찮아요? 근육질? 멋쟁이? 키가 큰 남자? 수염 있는 남자? 문신한 남자는 어때요? 호리호리한 남자?"

나는 아이스크림 가게에서 종류가 너무 많아서 뭘 고를지 정하지 못하고 있는 느낌이 든다.

"글쎄, 바닐라?"

"네?"

"아, 모르겠다고. 너무 못생기지 않고, 너무 뚱뚱하지 않고, 너무 털이 많지 않은 남자면 되겠지. 특히 깔끔한 남자."

"찾아볼게요!"

"아, 그래? 그런 남자가 있을까? 하지만 내가 그 남자의 마음에 안 들면?"

"실비, 내가 찾아본다니까요! 근데, 미용실은 가야 해요! 그 헤어스타일로는 힘들어요! 당신은 못생긴 게 아니라 꾸밀 줄을 모르는 거예요."

그 말을 듣고 보니 나의 독신 생활이 머리에 신경을 쓰지 않게 만든 것 같다.

"알아, 근데 운명의 주사위는 이미 던져진 것 같네. 미용사들이 내 머리를 망쳐놓으면 어떡하고."

"그렇지 않아요, 잘하는 디자이너를 못 만나서 그래요! 내가 예약해놓을 거니까 걱정 마요! 그다음에 남자를 찾아볼게요. 벌써 좋은 생각이 떠올랐어요!"

그녀의 허풍에 놀아나는 기분이다. 로라의 입에서 나오는 말은 어쩌면 그리도 모든 게 쉽고 간단하고 명쾌할까. 문제라는 건 없고 해결책만 있다. 그녀는 이미 내 헤어스타일을 바꿀 생각에 아주 흡족해서, 그리고 남자를 찾아줄 생각에 들떠서 내 방을 나간다. 그녀는 확신에 차 있고 자신만만하다. 그녀에게는 승리를 확신하는 게임이다. 나는 한숨을 길게 내뱉는다. 로라는 자신도 모르게 내 짐을 덜어주고, 자신도 모르게 내 숨통을 틔우고 있다.

나는 미소를 지으며 커피를 마신다. 커피를 다 마셔갈 때쯤 어느새 그녀가 다시 들어온다.

"됐어요, 오늘 오후 3시에 연예인들 머리해주는 디자이너에게 예약했어요. 그 디자이너가 아프다고 했는데 저녁에 루이비통 파티가 있어서 급하다고 말해놨으니까 팁을 좀 두둑이 줘요."

"3시? 하지만 근무시간인데!"

"실비, 우리 사무실에서 자리를 비운 적이 한 번도 없는 사람은 당신밖에 없어요! 당신이 원한 거잖아요? 부탁하셔서 도와주는 건데요!"

내가 그녀의 행동력을 과소평가했나 보다. 로라가 늘 이렇게 유능하진 않았는데. 특히 계약서를 작성할 때는. 그래도 어떻게 로라를 탓할 수 있겠어? 나처럼 불평 없이 회사 법규를 지키면서 근무시간에 몰입하는 사람은 무료한 생활을 할 수밖에 없다.

"오후를 온전히 다 쓰고 쇼핑이라도 해야죠!"

"어떻게 그래? 그러면 큰일인데!"

로라가 나를 관찰하면서 토 달지 않고 상황의 심각성을 알리려면 무슨 말을 해야 할지 궁리하는 것이 보인다.

"내가 어디가 그렇게 안 좋은데? 솔직히 말해줘! 내가 그 정도로, 아닌가?"

"그게 아니라 헤어스타일이 좀 딱딱하고, 좀…… 슬퍼요."

나는 최종 판결을 기다린다.

"실비, 당신은 날씬하고 다리가 길어서 그걸 살리면 좋은데 절대 청바지를 입지 않잖아요. 그러니까 예쁜 재킷에 힐을 신고 딱 맞는 청바지를 입으면 훨씬 잘 어울릴 거예요. 그렇게 입기만 하면 정말 세련돼 보일 거예요! 이네스 드 라 프레상주처럼, 무슨 말인지 알죠? 그녀는 당신보다 나이가 더 많은데도 훨씬 젊어 보이잖아요."

사실이다. 이네스 드 라 프레상주는 나를 비롯해 여성 인구의 90퍼센트보다 훨씬 아름답고, 섹시하고, 세련되고, 늘씬하고, 부자고, 많은 사람이 따르고, 칭송받고, 사랑받고 스타일리시한 여자다. 당연하지, 톱 모델인데! 이건 미켈란젤로의 그림과 실패작을 비교하는 것과 다름없다!

"내 말 무슨 뜻인지 알죠?"

잘 알지, 그럼. 나는 굴욕적이지 않다. 어쩌면 내가 로라의 코치 능력을 과대평가한 건지도 모른다.

하지만 어떤 점에서는 로라의 말이 맞다. 나는 결근한 적이 없다. 단 하루도 빠짐없이 근무했다. 나는 몸이 좋지 않거나 중병에 걸려 많이 아플 때도 집에서 쉴 생각을 아예 하지 않았다. 아무도 걱정해주는 사람이 없는 집에 혼자 있다가 죽기보다는, 사무실에 있으면 보살핌을 받을 기회가 더 많기 때문이다. 혼자 사는 사람은 아파도 혼자 견뎌야 한다.

"그 말이 맞네, 오후 시간을 쓸게."

파야르, 르페브르, 비송의 서류는 좀 미뤄도 된다. 머지않아 회사 사람들은 내 노하우 없이 처리하는 법을 터득해야 하니까, 나름의 대비를 해야 한다. 나만 계약의 취지에 맞게 능숙하게 일하는 건 아니지만 이 분야에서는 내가 가장 꼼꼼하고 성실하게 일하는 건 확실하다. 오전 시간이 조용히 지나간다. 이번만은 점심시간에 밖으로 나간다. 미용실 예약이 2구에서 3시니까 몽토르게이 거리를 거닐기로 한다. 패션숍들이 무성한 잡초처럼 즐비하다. 나는 들어갈 엄두를 내지 못하고 쇼윈도를 바라본다. 나한테 어울릴 것 같은 옷을 발견한다. 내가 그동안 얼마나 패션에 관심이 없었는지 깨닫는다, 뭘 입어도 옷태가 안 나는 거라면 몰라도. 로라의 말이 맞다. 나는 꼭 이미 은퇴한 사람처럼 보인다.

나는 콤투아 데 코토니에 매장에 들어가기로 한다. 나는 경제적 여유가 있는데도 옷의 가격을 보고 깜짝 놀란다. 질이 별로 좋아 보이지도 않는 코트가 300유로다.

"궁금한 게 있으면 주저치 말고 말씀하세요."

판매원 때문에 나는 소스라치게 놀랐다. 그녀는 옷 더미 사이에서 귀신처럼 나타났다.

"고마워요, 좀 둘러볼게요."

"한번 입어보세요! 키가 크시고 날씬하셔서 손님에게 딱 좋은 코트예요. 게다가 손님 사이즈고요!"

그러면서 옷을 내민다.

이 여자는 나에게 코트가 필요한지 어떻게 알았을까? 코트의 따뜻함보다 남자의 따뜻함이 더 좋긴 하지만.

"거울은 저기 있어요."

나는 머뭇거리며 거울 앞으로 간다. 창백한 안색, 다크서클이 내려앉은 눈, 쓸데없이 발사되는 안광, 머리털 꼬락서니는 주인의 버림을 받은 게 분명한 행색이다. 하지만 코트는 나쁘지 않다. 간결하고 세련된 디자인이고 칙칙하지 않은 가을색이다. 나에게 잘 어울린다. 좋다. 덜 구부정해 보인다.

"이 코트에 잘 어울리는 예쁜 캐시미어 머플러가 있는데요. 아주 부드러워서 피부를 행복하게 해주죠."

피부를 행복하게 해주는 머플러. 이 여자는 진짜 나에게 필요한 게 뭔지 알고 있다.

"올겨울은 따뜻하면서 가벼운 머플러가 유행이에요."

그렇게 말하면서 판매원이 솜씨 있게 머플러를 내 목에 둘러준다.

나는 캐시미어의 부드러움과 가벼움을 느낀다. 6년 전에 엄마가 선물해준 두툼한 모직 머플러보다 훨씬 촉감이 좋다. 나에게는 부드러움이 필요하다.

"코트와 머플러, 이걸로 할게요."

판매원이 나에게 더 환한 미소를 지어 보인다. 이상하게도 이 숍에서는 기분이 좋고, 긴장이 풀리고, 주중에 한가하게 돈을 쓰는 것이 행복하다. 거의 600유로를 털렸는데도 나는 처음으로 땡땡이를 치게 해준 로라에게 속으로 고마워하면서 숍을 나선다. 내가 잔뜩 긴장해서 미용실에 들어가자 곧바로 로랑이 나를 자리로 안내한다. 이 젊은 어시스턴트는 여성 못지않게 상냥하다. 소란스러움 속에서 중년 여성들이 네일 서비스를 받거나 퍼머를 하고 드라이를 받는 등 극진한 대접을 받고 있다. 여왕벌이 우글거리는 벌집 같다. 낯설다. 나는 만족한 미소를 지으며 상의를 벗고 차 한 잔을 받아 마신다. 이윽고 로랑이 나를 샴푸실로 데려간다. 내가 가죽 의자에 편안하게 누워서 행복한 미소를 짓자 로랑이 숙달된 손놀림으로 부드럽게 두피를 마사지한다. 적당히 따뜻한 물에 긴장이 풀린다. 완벽한 솜씨다. 목덜미 아래쪽에서 전율이 일어난다. 나는 일종의 엑스터시에 빠져든다. 잠시 저버린 서류 생각은 거의 나지 않는다. 그리고 꿈속에서처럼 로랑이 나를 한 미용사 앞에 앉힌다. 충격적이다. 타월로 꽁꽁 싸맨 나의 슬프고 피곤한 얼굴을 보는 순간 마법이 깨진다. 하지만 이내 매력적인 구릿빛 피부의 30대 남자 '룰루'가 내 뒤에 서서 다정하게 내 어깨를 마사지한다. 미용사는 아주 호감이 가는 남자다.

"아름다운 부인, 어떻게 해드릴까요?"

내가 대답하는 소리가 들린다. "알아서 해주세요!"

거울에 비친 우리 둘은 어울리지 않는 한 쌍이다. 미용사는 우리의 모습을 쳐다보면서 흰 치아를 드러내고 미소를 짓는다. 매력적인 미용사에 비해 나는 무덤에서 방금 파낸 시체 같다. 미용사가 섬세한 손길로 내 머리에서 타월을 벗긴다.

"이 머리를 다 어떡하죠? 숱이 정말 많으시네요! 다 쳐내야겠어요!" 미용사는 따뜻하고 부드러운 손으로 내 머리칼을 목덜미 뒤로 쓸어 넘기면서 즐거워한다.

기쁨의 물결이 등줄기를 타고 흐른다. 어찌나 좋은지 눈물이 차오른다. 나는 얼굴이 빨개진다. 부끄럽다. 머리와 어깨에 닿는 단순한 터치에 팬티가 젖어드는 게 부끄럽다. 나는 슬그머니 잡지를 집어 들고 태연한 체하려고 훑어보기 시작한다. 이 단순한 손가락 터치를 통해 내게 얼마나 애정과 온정이 결핍되어 있었는지 실감한다. 나는 애정에 굶주려 감정이 메말라 있었던 거다. 심지어 개도 나보다는 더 애무를 받는다. 내 심각한 애정 결핍은 어떤 비타민이나 영양제로도 회복되지 않을 거다. 약간의 다정함에 감지덕지하는 신세로 전락했다. 룰루는 나를 위해, 내 머리를 위해 열중하는 것 같다. 내 머리털을 살피면서 이따금 놀라거나 난감해하는 것이 보인다. 의미 없는 터치에도 심쿵한 여자 앞에서 미용사는 선웃음을 친다. 그러니 그는 만족스럽게 실력 발휘를 할 수 있을 거다. 내 머리는 쉽다. 내 머리를 가지고 실패하는 건 말이 안 된다. 혈거시대의 덥수룩한 머리보다 내 머리가 최악일 수는 없다. 내가 동굴에서 자주 나오지 않는 것은 맞지만. 나는 반신반의하면서 가위질 몇 번에 드러나는 또 다른 실비를 바라본다. 갈색 머리털이 떨어질 때마다 점점 미용실 바닥이 가려진다. 내 눈에 룰루는 천연 물질을 조각해서 우아한 선과 실루엣, 역동성을 만들어내는 아티스트나 다름없다. 룰루는 미용사가 아니라 '헤어 아티스트'다. 괜히 이름이 난 게 아니었다. 나는 드라이의 효과를 더 즐기기 위해 눈을 감는다. 미용사의 빗질에 머리카락이 약간 당겨질 때마다 쾌감을 느낀다. 이제 내 머리는 드라이기의 열기에 맡겨져 있다. 룰루가 머리 손질을 끝냈을 때 나는 거울을 통해 미소를 지어 보인다. 룰루도 나 못지않게 감동해 있다. 그는 멋지게 해냈다. 헤어스타일만 달라진 게 아니다. 머릿결도 바뀌었다. 실크처럼 부드럽고 찰랑찰랑하고 잘 길들여진 것 같다. 머리털이 보기 좋게 얼굴 주위로 흘러내린다. 내 눈이 훨씬 돋보이고 다크서클은 덜 보인다. 얼굴 윤곽도 온화해진 것 같다. 나는 덜 슬퍼 보이고 덜 나이 들어 보이고, 덜 고독해 보인다. 내 머리는 날 닮아서 쳐다봐주고, 만져주고, 쓰다듬어주고, 돌봐주고, 사랑해줄 필요가 있다. 나는 고마움의 표시로 어시스턴트 로랑에게는 10유로, 헤어 아티스트 룰루에게는 20유로의 팁을 남긴다. 그리고 룰루가 추천하는 헤어 제품을 군말 없이 구입한다. 터무니없이 비싼 가격이지만 나는 미소를 잃지 않는다.

"아무튼 오셨을 때보다 더 아름다우세요. 얼굴빛도 한결 좋아졌고요. 확 달라졌죠?"

"거의 다른 사람이 된 것 같네요."

나는 변신한 모습으로 미용실을 나선다. 마음이 한결 안정되고 가볍다. 로라의 문자 메시지가 와 있다.

찾은 것 같아요!!!

새 코트, 새로운 헤어스타일, 밀회를 위한 약속, 로라의 말이 맞다. 나는 이네스 드 라 프레상주의 인생에 가까이 다가선다.

이 헤어스타일은 구급대원들이 나를 발견했을 때 덜 불쌍해 보일 거다. 버림받은 인생을 살다간 독신녀로 보이지는 않을 거다. 유서를 써야겠다고 생각한다. 새 코트와 캐시미어 머플러와 함께 묻어달라고. 지렁이들이 냠냠해버리겠지만.

다음 날 아침, 엘리베이터에서 내렸을 때 로라가 내 헤어스타일을 칭찬한다는 표시로 엄지를 치켜세웠다. 이미 나도 지하철에서부터 내 안색이 덜 창백해 보이는 걸 느꼈다.

"대박! 놀라운 변신이에요!"

"고마워!"

"새로 산 코트예요? 정말 멋져요!"

"그래, 보다시피 자기 말대로 했지. 고마워, 로라. 자기 말이 백 번 옳았어. 헤어스타일을 바꿀 필요가 있었어."

"진짜 훨씬 젊어 보여요! 확실히 눈이 돋보이네요! 눈이 이렇게 아름다운데……. 이제 알았어요!"

"미안하지만 오늘 아침은 두통이 좀 있네. 커피 가져온 다음 일 시작해야겠어."

"그냥 앉아 있어요, 커피는 내가 가져올게요! 보여줄 것도 있고요!"

로라가 내게 윙크를 하면서 멀어져간다.

로라에게 고맙지만 이런 공공연한 공모의 눈짓은 아직 불편하다. 부디 돌이킬 수 없는 상황에 빠져들지 않기를 바란다. 로라가 이 정도로 열심일 거라곤 생각하지 않았다. 아무래도 나에게는 큰 도전이 될 것 같다. 나비로 탈바꿈하는 애벌레도 있지만 내 경우는 그런 화려한 변신과는 거리가 멀다.

"커피 가져왔어요, 뜨거우니까 조심해요! 실비가 변신하는 동안 나도 놀진 않았어요. 적당한 남자를 찾아냈죠. 한번 보세요."

로라가 스마트폰을 켜서 내 손에 쥐어준다. 페이스북의 프로필 사진이다. 푸른 산에 오른, 약간 대머리에 수염을 기른 남자, 초점이 없는 시선.

"누군데?"

"에릭 르쥔, '프렌드'죠."

"프렌드?"

"네, 페이스북 친구요! 아는 남자는 아니지만 프로필을 봤어요. 아내도 자식도 없는 것 같고, 혼자 아니면 친구들과 하이킹으로 바캉스를 보내는 남잔데 인상이 아주 좋아요!"

"자기도 모르는 남자를 나에게 소개하겠다고?"

"얼굴은 괜찮죠? 실비가 말한 대로 너무 못생기지도 너무 잘생기지도 않았고요. 게다가 파리에 살고 있어요!"

"하지만 모르는 남자라면서? 근데 친구도 아닌데 왜 '프렌드'라고 해?"

"친구의 친구니까요. 그 이상은 나도 몰라요. 아무튼 페이스북에서는 그렇게 불러요. 즐기는 데 서로를 잘 알아야 할 필요는 없잖아요! 프렌즈가 된다는 건 반드시 공통점이 있다는 거예요!"

나는 에릭 르쥔의 사진을 보면서 나와 어떤 공통점이 있을지 생각해본다. 하이킹은 시작도 안 했는데 들판을 상상하는 것만으로도 벌써 자신이 없다.

"오케이, 하지만 자기도 모르는 남자라면서 나를 어떻게 소개해줄 수 있지?"

"걱정 마요, 다 방법이 있으니까요! 일단 마음에는 들어요?"

오히려 그 남자한테 내가 맘에 드는지 물어봐야 하는 거 아닌가? 내가 무슨 디바 놀이할 처지도 아닌데……. 사지 멀쩡하고 성불구가 아닌 남자면 된다. 나는 무슨 대단한 사랑을 찾는 게 아니라 그저 하룻밤 또는 이틀 밤을 즐길 남자를 찾는 거니까.

"모르겠어, 봐야 알겠지! 입 냄새가 심하지 않은 남자면 오케이. 착해 보이고 자연을 사랑하는 남자, 그리 나쁘진 않아."

로라는 좋아서 어쩔 줄 몰라 한다. 마치 세일 전날처럼.

"그럼 내가 실비의 마음에 드는 남자를 찾은 거네요! 그 밖의 것에 관해서는 연구해볼게요. 아무튼 너무 만족스러워요, 지금으로서는 성공한 거니까!"

"그래, 고마워, 로라. 하지만 다시 말하는데 이걸로 끝이 아니라는 거 알지? 내 뒤에서 장난치거나 비웃다가 나한테 들키면 앞으로 식권은 없다는 거 명심해!"

로라가 이 비밀은 무덤까지 가져가겠다고 맹세하고 들뜬 얼굴로 내 사무실을 나간다. 나는 전날 자리를 비우느라 못한 일을 만회하는 데 시간을 보내면서 로라를 피한다. 그리고 조바심과 불안이 반반 섞인 마음으로 오늘 저녁에 있는 프랑크와의 상담을 생각하면서 시간을 보낸다.

"미용실에 갔다 왔군요?"

"네, 내 어시스턴트 로라의 용의주도한 조언에 따라."

"잘 어울려요!"

"고마워요."

이 남자는 내 얼굴이 빨개지든 말든 상관 안 하는 남자다. 나를 아주 한심하게 생각하는 것이 틀림없다. 내가 얼마나 한심한 여자인지 알기는 하는지!

"그래서요? 지난주와 비교해서 어디까지 진척되었습니까?"

"음, 한 남자를 만나는 데 필요한 걸 하려고 노력하는 중이죠."

"당신 자신에게 신경 쓰고 있다는 거니까 좋은 현상이네요. 이번에는 더 좋았나요?"

"그렇기도 하고 아니기도 해요."

"들어볼까요?"

"좋은 건, 대접받고 마사지를 받았기 때문이죠. 진짜 행복했어요. 미용사는 매력적이고 따뜻하고 섬세한 남자였어요. 정말 놀라웠어요."

"그건 좋았던 거고, 아니었던 건?"

"역설적이게도 서글펐어요."

"어떤 게 서글펐습니까?"

"독신이라는 건 단순히 혼자 살고, 혼자 밥 먹고, 혼자 자고, 혼자 일어나는 것만은 아니에요. 스킨십을 받지도, 애무를 받지도, 사랑받지 못하는 것이기도 해요. 그건 힘들어요. 육체적, 정신적으로 결핍을 느끼죠. 그 미용사 룰루의 따뜻한 손길에 내 감각들이 깨어났는데 그게 부끄러웠어요. 미용사는 그저 친절을 표한 것뿐이라서 부끄러웠어요. 게다가 그는 게이니까 나를 터치하는 방식에 무슨 저의나 음탕함 같은 건 전혀 없었어요. 그런데도 나는 어찌할 바를 몰랐어요. 내가 성도착자인 느낌까지 들었죠. 목덜미를 터치한 것뿐인데 전율이 일어날 정도로, 내가 진짜 불쌍한 여자가 된 거예요. 정말로 그런 걸 바라고 있었다는 거죠. 정말로 고독한 여자가 되어 있다는 거예요, 내가."

"하지만 당신은 살아 있다는 걸 느꼈잖아요."

"네, 그래요. 하지만 그게 진짜로 나를 위한 게 아니기 때문에 훨씬 나쁘죠. 내 말은, 기계적인 손짓이었다는 뜻이에요. 따뜻하지만 기계적인, 거의 습관적인 행동요. 그건 미용사의 일상이고, 고객을 기분 좋게 대하는 그 나름의 방식이었는데 내가 그걸 특별하게 느낀 것일 뿐이니까요."

나는 눈물을 닦는다.

"하지만 실비, 그건 달라질 수 있다는 거 알잖아요. 남자를 만날 수 있다는 것도 알고요."

"정확히 말하면 그건 아니죠. 나는 마흔다섯 살에 혼자된 이혼녀나 과부 또는 미혼모가 아니에요. 나는 그냥 노처녀예요. 진정으로 사랑받은 적이 없었어요. 짝사랑밖에 한 적이 없어요. 어떤 남자도 나와 자식을 만들려고 하지 않았어요. 나는 남자의 마음을 끌지 못해요."

나는 소리 나게 코를 푼다.

"실비, 당신 생각에는 왜 그런 거 같나요?"

"나야 모르죠! 그걸 왜 나한테 물어요? 남자들에게 물어봐야지! 나보다 훨씬 못생긴 여자들도 다 짝이 있어요. 나는 끔찍하게 못생긴 것도 아닌데……. 진짜 내가 그렇게 못생긴 건 아니죠?"

"네, 실비, 당신은 못생긴 것과는 거리가 멀어요. 당신의 외모와는 전혀 상관없다는 거 알잖아요."

"그럼 나에게 무슨 결함이 있는 거죠?"

"그건 당신 스스로에게 물어야 할 질문이에요. 나는 왜 사랑받지 못하는 느낌이 들까?"

"그것도 내 잘못이라는 거예요?" 나는 훌쩍거리면서 물었다.

"우리 모두 자신의 인생에 다소 책임이 있지 않을까요?"

이 남자는 날 자극한다. '우리 모두 자신의 인생에 다소 책임이 있지 않을까요?' 못생기고 매력 없이 태어난 게 내 탓이라고?

"그래도 남자들에게 나를 사랑하라고 강요할 수는 없어요!"

"아뇨, 당신을 사랑하게 만들 수는 있죠."

심리치료사는 만족스러운 얼굴로 나를 쳐다본다. 이 남자는
마음에서 우러나온 감동적인 진실로 나를 울렸다고 생각한다.
나는 따귀를 날리고 싶다. 왁싱을 한 덕분인가, 뜻밖에도 나한테
서 난폭함을 발견한다. 내 안에 에너지가 넘친다.

"두고 보면 알겠죠, 조짐이 좋으니까요."

"그럼 남자를 만난 거예요?"

"거의 그런 셈이죠. '프렌드'를 찾았거든요. 내 어시스턴트 로
라의 친구의 친구. 알아요, 이렇게 말하는 게 아주 바보 같고 불
확실하다는 거. 하지만 페이스북에서는 프렌드라는 말로 통하는
모양이에요."

"나도 페이스북 알아요."

"아, 그래요? 어떻게 생각하는데요?"

"특별한 거 없어요. 하지만 내 페이스북을 조회하는 사람들을
살펴보니까 무관심한 사람들이 메모를 남기는 경우는 드물어요.
SNS는 사람들의 삶과 관심사의 중심에 있으면서 많은 긴장과
모욕감을 만들어낼 수 있죠."

"진짜요? 별로 놀라운 일은 아니네요. 나는 가입하고 싶었던
적이 없어요. 내 취향도 아니고. 바캉스 사진을 올려놓는 것, 공
공연히 과시해놓은 다른 사람들의 행복한 모습을 보는 것, 지나

치면 곤란하죠. 누군가에게는 심한 고통이 될 수도 있을 텐데. 난 아기들이나 석양, 결혼식 사진 같은 거 보고 싶은 마음이 전혀 없거든요. 그렇지 않아도 혼자라는 걸, 그래서 불행하다는 걸 충분히 느끼고 있는데. 그리고 난 친구도 별로 없는데 웃기잖아요."

"그래서 그 프렌드를 만났어요?"

"아뇨, 아직. 하지만 진행 중이에요."

"다음 상담 때 얘기해줄 거죠?"

"아마도, 얘기할 만하면."

이 남자의 말이 맞다. 나는 나아가고 있다. 나는 미소를 지어 보인다.

로라가 내 방에서 커피를 손에 들고 기다리고 있었다.

"아, 실비, 르죈의 서류를 보여주려고요."

"르죈?"

"네, '르죈'의 서류요?"

나는 로라의 표정에서 뭔가 새로운 정보, 아주 부담이 되는 얘기가 있음을 느낀다. 내가 당장 문을 닫지 않으면 더는 오래 입 다물고 있지 못할 말이라는 걸.

"만날 약속을 했어요!!!"

"벌써?"

"당연하죠! 시간 끌 거 없잖아요!"

"그 남자가 오케이 했어? 나랑 만나는 거 알고?"

"내가 말했어요, 아주 멋진 싱글 친구가 있는데 그의 사진을 보고 한눈에 반했다고……."

"뭐라고? 그건 아니잖아? 그리고 뭐? '한눈에 반했다'니?"

"나를 믿어요, 안 믿어요?"

"오케이, 하지만 나에 대해 아무 말이나 막 하지 않았으면 좋겠는데."

"가장 중요한 건 내일 저녁에 그 남자를 만난다는 거예요!"

"내일 저녁?"

이렇게 빨리? 나는 어지러워서 앉아야 했다. 로라가 내 커피에 각설탕 한 개를 더 넣는다. 어제 겨우 페이스북 프로필 사진으로 에릭이라는 남자를 봤는데 내일 저녁에는 벌써 그 남자와 자게 되다니!

"마셔요!"

나는 머뭇거리지 않고 아주 뜨거운 커피를 한 모금 삼켰다.

"내가 할 수 있을지 모르겠네, 로라. 모르는 남자인 데다 공통 친구도 없어. 나는 10년 동안 남자와 단둘이 저녁을 먹은 적도 없는데 무슨 얘기를 하라고? 그가 실망하면? 나를 보고 도망치면? 아니, 불가능해. 농담이나 실수였다고 말해. 계정이 해킹당한 거라고 하든가, 그냥 아무 핑계나 둘러대고 취소해! 아, 더워!" 나는 캐시미어 머플러를 풀면서 말한다.

"진정해요, 실비."

로라가 걱정스럽게 나를 쳐다본다.

"너무 서두른 거면 미안해요. 나는 잘하고 싶었고, 실비를 도울 수 있어서 기뻤어요. 물 한 잔 가져올게요."

"아니, 괜찮아, 고마워."

나는 정신 줄을 놓아서 사는 데가 어딘지도 모르는 노인처럼 앉아 있다. 심호흡을 한다.

"로라, 자기 말이 맞아. 도와달라고 부탁한 사람은 난데. 그냥 나한테는 좀 빨라서……. 나는 자기만큼 숫기가 있지 않아."

로라가 미소를 지어 보인다. "나처럼 생각 없이 함부로 입을 놀리지 않는다는 뜻이죠?"

이번에는 내가 미소를 지어 보인다.

"내 말 들어봐요. 에릭 르퀸은 내가 아는 남자는 아니에요. 하지만 좋은 남자라고 생각해요. 그의 프로필을 꼼꼼히 봤는데 인터넷으로 환경문제, 자연보호, 동물에 관련된 사이트란 사이트는 모두 클릭하고 있어요. 그리고 SSCC(해양생물 보호단체)의 팬이더라고요! 나와 같은 청원서들에 서명했고요!"

실비, 논리정연하게 말해야 돼.

"나를 아무 데나 끌어들인 건 아니지, 로라?"

"저녁 한 끼잖아요! 원하시면 근처에 있다가 무슨 문제가 생기면 내가 들어가서 해결하고요!"

"아니, 괜찮아, 고마워."

나는 로라를 쳐다본다. 이 여자는 생기발랄하고 꾸밈이 없다.

"나갈 거죠?"

"내가 결혼한 적이 없어서 걱정된다는 뜻인가?"

"네."

어떤 패를 돌리느냐에 따라 결과가 달라진다는 건가.

"당연히 어색하겠죠! 하지만 바에서 모르는 남자를 만나는 것과 다를 게 없어요! 만날 남자에 대해 아주 조금 미리 알고 있다는 것만 빼고. 우리끼리니까 하는 말인데, 실비에게 해가 될 건 전혀 없어요. 내 말은 밖으로 나가기 시작했다는 것에 의미가 있다는 거예요."

빌어먹을! 나는 심리치료사를 생각한다. 지난번 상담에서 계속 징징대며 푸념을 늘어놓은 뒤에 긍정적으로 마무리하길 잘한 것 같다. 아랫도리에서 무슨 일이 일어날 걸 생각하면. 지난 두 번의 상담 결과가 형편없었는데 그래도 이번이 더 나쁠 수는 없겠지? 물론 에릭이 나를 보고 걸음아 날 살려라 도망가지만 않으면. 만약 그러면 나는 곧장 집으로 들어가서 자살하면 되니까!

"근데 내 나이는 몇 살이라고 했어? 그 남자가 내 사진을 봤어?"

"아뇨, 신비주의 카드를 사용하고 싶었어요. 나는 단지 실비가 '워킹 걸'이며 40대고, 그를 매력적으로 생각한다고만 했어요."

'워킹 걸'. 보자보자 하니까 어이가 없네. 로라는 정말이지 사물의 좋은 면만 보는 재주가 있다. 이런 허풍쟁이 같으니라고. 그래도 자살할 위험이 있고 불감증이 의심되는 나보다는 수완이 좋다.

"그의 페이스북 페이지, 다시 한 번 볼게."

로라는 머뭇거리는 기색이라곤 없이 냉큼 내 컴퓨터에서 페이스북을 열어 에릭의 프로필을 클릭한 뒤 나 혼자 볼 수 있도록 방을 나간다. 나는 페이지를 훑어보면서 그가 파리에 살고 있지만 보르도 출신이라는 걸 알았다. 에릭은 영업 쪽 일을 하는 사람이 틀림없다. 로라의 말대로 청원서에 서명하길 좋아하는 남자다. 국제사면위원회, 국경없는기자회, 그린피스의 활동에 적

극적으로 참여하고 있다. 에릭은 의로운 남자다. 그는 샤를리다.•
동원 요청이 있으면 기꺼이 응하는 남자다. 선천적으로 착한 남
자다. 그의 사진들은 산의 풍경을 담고 있거나 주말에 친구들과
찍은 것들이다. 언뜻 보아 좋은 와인 애호가이고, 보르도 출신의
사람치고는 그리 괴팍해 보이지 않는다. 수영장에서 빈둥빈둥
늘어져 있는 타입도 아니다. 좋은 점이다. 나는 이 남자 옆에서
사진을 찍는 내 모습을 상상해본다. 반바지 차림으로 손에 물병
을 들고 약간 붉어진 얼굴로 피곤한데도 미소를 짓고 있다. 맙소
사. 이런 상상을 하는 나 자신이 하도 어처구니가 없어서 페이스
북을 닫는다. 나는 현기증이 일었다. 이 남자는 나를 어떻게 상상
하고 있을까? 어떤 워킹 걸로 생각하고 있을까? 섹시한 크리스
티앙 루부탱 정장 차림? 어떻게 입고 나가지? 신경안정제를 몇
알이나 먹어야 할까?

나는 로라에게 전화를 건다.

• 프랑스 주간지 『샤를리 에브도』는 이슬람을 풍자하는 무함마드 만평을
게재했다가 IS로부터 비극적인 테러를 당했다. 이 테러 이후 ‘나는 샤
를리다’라는 슬로건으로 대표되는 표현의 자유 대 종교를 모욕하는 자
유까지는 허용할 수 없다는 뜻을 담은 ‘나는 샤를리가 아니다’라는 슬
로건으로 논쟁이 치열하게 전개되고 있다.

"네, 금방 갈게요." 로라가 잽싸게 대답한다.

로라가 불안한 시선을 던진다. 마치 내가 심장이식 수술을 받기 직전인 것처럼. 그녀는 잘못한 게 전혀 없다. 내 심장에는 심각한 수술이다. 부디 심장이 충격을 견뎌내주길 바란다.

"장소는 어디?"

"실비가 원하는 곳에서. 사실 에릭은 바스티유 근처의 와인 바를 제안했어요. 하지만 마음에 드는 곳으로 실비가 정하면 돼요."

"거기 괜찮아. 몇 시?"

"실비가 정해요. 저녁 7시? 8시?"

"7시가 좋겠어."

집에 들를 시간이 없는 것이 낫다. 라디에이터에 스스로 몸을 묶고 열쇠를 삼켜버릴 수도 있으니까. 그냥 뛰어들어야 한다. 마흔다섯 살에, 빌어먹을!

"좋아. 그냥 술만 한 잔 마시면 되지, 뭐⋯⋯. 저녁 식사는 옵션이고."

"그래도 되고요, 실비."

나는 불안한 얼굴로 로라를 쳐다본다.

"옷은 어떻게 입지?"

"내 의견을 묻는 거예요, 진짜?"

"물론!"

이제야 로라가 미소를 짓기 시작한다.

"스커트에 노팬티."

"장난치지 말고, 로라. 나 엄청 스트레스 받고 있는 거 안 보여?"

"폭발하고 싶은 거라고 이해했는데, 아닌가요? 이런 경우 나라면 스커트나 원피스 차림에 팬티는 입지 않아요. 적당한 순간에 그걸 알리면 되는 거예요. 효과는 즉각적이죠, 성공 보장!"

로라가 나를 놀리는 건지, 아니면 그녀가 생각보다 훨씬 더 긴장이 풀어져 있는 건지 알 수가 없다.

"아니면 청바지에 예쁜 셔츠를 입는 것도 아주 좋을 거예요. 그럼 나는 이만 나가서 일할게요!"

이렇게 말하고 로라는 돌아섰고, 나는 아주 곤란한 딜레마에 빠진다. 팬티를 입어, 말아?

나는 나중에 다시 생각하기로 하고 안도하면서 계약서와 서류에 집중한다. 나는 안다, 어쨌든 의문을 제기하지 않으리라는 걸.

저녁이 되고 나는 로라의 시선을 피하면서 사무실을 나선다. 진짜로 술 한 잔이 필요할 것 같다. 나는 절친 베로니크에게 전화한다.

"주중에 이렇게 만나니까 좋다."

"그래, 집에 기다리는 사람이 있는 것도 아닌데 좋지, 뭐."

나는 베로니크에게 바스티유 근처의 와인 바에서 만나자고 했다. 이렇게라도 내일의 만남을 위한 사전 답사를 하려는 거다. 이 시간에 이렇게 사람이 많은 것에 놀랐다. 스탠드 의자에 걸터앉는 게 그리 편하지는 않지만 앉으려면 선택의 여지가 없다. 나는 슬그머니 주변에 앉은 워킹 걸들의 옷차림을 훑어본다. 원피스나 스커트 차림은 거의 없다. 하지만 구두는 하이힐이 대세인 게 분명하다. 그녀들은 치아를 드러내고 유쾌한 미소를 지으며 즐기고 있다. 유혹적으로 가슴을 드러낸 네크라인에 쏠리는 시선을 애써 모른 체하며 귀걸이를 만지작거린다. 당당하고 자신만만해 보인다. 하지만 와인과 쾌적한 분위기는 마음에 든다. 동료끼리, 친구의 친구들끼리 갖는 사적인 만남의 장소로는 괜찮을 것 같다.

베로니크가 샤블리 화이트 와인을 홀짝거리면서 나를 관찰한다. 스탠드 의자에 걸터앉은 베로니크는 평소보다 더 구부정하다. 재킷으로 불룩한 뱃살을 감추고 있는 것이 보인다. 눈에 뻔히 보이는데, 나는 그게 짜증나면서도 짠하다.

"너 달라졌다."

"미용실에 갔다 왔어."

"그 말을 하는 게 아니야. 그 얘기라면 헤어스타일이 잘 어울린다고 어느 미용실인지 알려달라고 하겠지."

"그럼 무슨 말을 하는 건데?"

"어딘지 달라 보여. 나쁘다는 뜻이 아니라 여유가 있어 보인다고 할까. 아버지 돌보느라고 몇 달을 정신없이 보냈잖아. 그러고 나서 이렇게 만나니까 즐겁다. 너 건강해 보여."

"고마워. 실은 네 충고대로 심리치료사를 만나러 갔어."

"아!"

베로니크는 몹시 기뻐한다. 하지만 더 기쁘게 해줄 순 없었다.

"누군데? 내가 아는 사람인가?"

심리학 잡지 애독자인 베로니크는 파리의 심리치료사를 모두 알고 있다고 생각한다. 그래서 그녀가 걸핏하면 꺼내는 말이 심리학이다.

"글쎄, 모르겠네. 집에서 멀지 않은 델 찾다가 우연히 발견한 곳이라서. 다니기 편한 걸 우선으로 선택했거든."

"그래서?"

"네 말이 맞아, 얘기하는 게 도움이 돼."

베로니크를 기쁘게 해주고 싶지만 나는 그녀에게 빚을 지고 있는 거다. 크리스마스가 지나면 몹시 당황할 텐데.

"심리치료사가 남자였어?"

"응. 모든 면에서 나쁘지 않아. 오히려 유쾌한 상황을 만들어주거든."

"그래, 잘했어!" 베로니크가 허벅지를 탁 치면서 웃는다. 마치 라디오 토크쇼 〈레 그로스 테트〉에 출연해 있는 것 같다.

"크리스마스에 뭐할지 생각해놨어? 그래도 혼자 지내지는 않을 거지?" 베로니크가 묻는다.

"응, 그러려고. 올해는 여행갈 거야."

"스키 타러 가려고?"

"아니, 더 천국 같은 곳을 생각하고 있어."

"바닷가에 가서 선탠하려고? 단체 여행?"

"아니, 혼자. 혼자 떠날 거야. 걱정 마, 난 괜찮으니까."

나는 의도적으로 베로니크를 속이고 있다. 친구는 나중에 이 대화를 떠올리면서 공포에 떨 거다. 나를 용서해주길 바랄 뿐이다. 그리고 자책하지 않길 바란다. 하지만 나는 그녀에게 말할 수 없다. 너무 개인적이고 너무 내적인 얘기라서. 무엇보다도 그녀는 이해하지 못할 테니까. 나는 변명하고 싶지 않다. 내 삶이니 내가 결정하고 내가 마침표를 찍는 거다.

"잘 생각했어, 친구! 너한텐 휴가가 필요해. 구릿빛이 되어 돌아오겠네. 자식만 없으면 나도 그러고 싶다! 내년 여름에는 함께 계획을 짜보자고, 재미있겠지?"

재미. 나는 베로니크가 더 젊어 보이고 싶긴 한 건지 의심이 간다. 나름 옷차림에 신경을 쓴 것 같은데 불행히도 내 눈에는 칙칙해 보인다.

"그러자, 재미없을 이유가 없지. 근데 너는 괜찮아?"

"나, 나는 그냥 그렇지, 뭐……. 그 창녀가 임신했다는 걸 알았어. 이해가 되니? 그가 다시 아빠가 되는 거야, 그 나이에! 할아버지가 될 나이에! 완전히 돌았어! 우리 애들도 화가 많이 났어!

그 창녀가 그의 머리를 돌게 만든 거야. 그가 그 나이에 새벽 4시에 젖병을 물리고 있다고 생각해봐!"

요즘 베로니크의 유일한 행복은 남편을 빼앗아간 여자를 '창녀'로 취급하는 것이다. 이 한 단어에 그녀의 모든 증오심이 담겨 있다. 나는 친구를 이해한다, 비록 그 말을 들을 때마다 안타깝지만. 서글프고 진부한 결별이 그녀를 망가뜨리고 처절하게 만들었다. 어떻게 안 그럴 수 있겠나? 부부 생활을 한 지 20년인데 어느 날 갑자기 늙은 오이처럼 버림받았으니 아픈 건 당연하다. 하지만 오늘 저녁은 친구의 한탄을 듣고 싶지 않다. 이혼한 전 남편에게 포커스를 맞추는 대신, 자신의 과체중을 공략하는 게 훨씬 나으련만. 그게 훨씬 신경 써야 할 일이다. 그래, 나도 참 매정하다. 하지만 나는 정말로 친구가 불쌍하지 않다. 그녀는 20년 동안 결혼 생활을 했다. 그녀에겐 결혼 생활을 할 기회라도 있었지만 나는 아니다. 하지만 베로니크가 정확하게 봤다. 나는 달라졌다. 전에는 혼자 아버지의 장례를 치른 고아였고 노처녀였지만, 오늘 저녁은 퇴근 후에 아주 느긋하게 친구와 술을 마시는 워킹 걸이다. 남자 만날 준비를 하는 워킹 걸. 어쩌면 섹스까지도.

나는 친구에게 한 잔 더 마시자고 제안한다.

"그래, 좋아. 힘들어도 무너지진 말아야지! 저 여자들이 먹는 햄과 소시지 안주 맛있어 보이는데 우리도 하나 시킬까?"

나는 배불리 먹고 얼근히 취한 베로니크와 헤어진다. 오늘 저녁은 텔레비전 앞에서 혼자 먹을 필요가 없다. 그냥 이불 속으로 들어가기만 하면 된다. 나는 내일 약속에 대해 베로니크에게 말하고 싶지 않았다. 아직은 어떻게 될지 모른다. 바에 나갈지도 아직 모른다. 노팬티에 스커트 차림으로 높은 스탠드 의자에 앉는 내 모습이 상상되지 않는다. 스타킹을 신지 않고 걷기에는 날씨가 좀 추운 데다 누군가가 알아챈다면? 그리고 계속 신경이 쓰일까 봐 너무 두렵다. 우스꽝스럽게 팬티도 입지 않고 어떻게 모르는 남자와 진지한 대화를 나누지? 하지만 지금은 더 이상 생각하고 싶지 않다. 자고 싶다. 잠자리에 들면서 어서 내일이 되길 기다렸던 게 언제였는지. 내일은 역사적인 미지의 날이다. 내일이 바로 디데이다.

자명종 소리에 잠을 깬다. 나는 벨소리를 끄고 따뜻한 이불 속에서 기분 좋게 몸을 웅크린다. 유리창을 때리는 빗소리가 들린다. 일어나고 싶지 않다. 꼼짝도 하기 싫다. 이렇게 웅크리고 있는 게 좋다. 오늘 아침은 이대로 그냥 더 자고 싶다. 사무실에 나갈 용기가 나지 않는다. 게으름을 피운다. 내가 희생한 모든 행복한 순간을 생각한다. 나는 아버지의 딸이 맞다. 하루하루, 한 주 한 주, 한 해 한 해, 크고 작은 기쁨을 나도 저축해두었다. 긴장된 순간이든, 편안한 순간이든. 공부를 위해서든, 의무감을 위해서 든. 착하고 어린 병사 같았다. 그래서 오늘은 긴 목욕으로 하루를 시작할 거고, 쇼핑을 하러 나갈 거다. 미친 짓을 저지를 용기를 줄 원피스나 스커트를 찾아야 한다. 나를 그토록 난처한 지경에 빠뜨렸던 거품 입욕제의 뚜껑을 딴다. 크림 액체에 물이 닿자 바 닐라향 거품으로 변한다. 나는 기분 좋게 욕조에 발을 들여놓는 다. 뜨거운 물속에서 나른해지니 크리스마스 날에 계획해둔 목 욕을 떠올리지 않을 수 없다. 진짜 좋은 생각일까? 내가 죽어 욕 조의 물이 식고 거품이 사라지고 없을 때쯤 나라는 존재는 뿌연 물속에 잠긴 차가운 송장에 불과할 거다. 발견되기까지 나는 얼 마 동안이나 그러고 있을까? 베로니크는 내가 세이셸의 해변에 서 평온하게 선탠하고 있을 거라 생각할 거고, 이웃집 사람들은 내가 프로방스로 축제를 구경하러 떠났을 거라고 생각할 거고, 사무실에서는 며칠이 지나기 전에는 아무도 나의 결근을 걱정하 지 않을 거다. 프랑크가 구급대에 알릴까? 죽기 전에? 아니면 죽 은 후에? 구급대원들은 어떤 상태에 있는 나를 발견할까? 왁싱 숍으로 달려와 나를 구해준 구급대원들일까? 나를 알아보기는 할까? 수사물을 많이 봐서 알고 있다, 물속에 너무 오래 잠겨 있던 시신이 얼마나 처참한 몰골인지. 한 시간 뒤에는 손가락들이 경직될 거다. 몇 시간이 지난 뒤에는 무슨 일이 일어날까? 며칠이 지난 뒤에는? 어쩌면 다량의 수면제를 먹고 자는 게 더 간단할지도 모른다. 그게 더 품위 있고, 더 평온하고, 더 존중받을 만할 거다. 내 죽음에 대해 이런 생각을 하고 있자니 이상하고 묘한 기분에 빠져든다. 끔찍하지 않다. 엄마는 당신이 죽는다는 걸 모른 채 숨을 거뒀다. 엄마는 늘 그렇듯 장을 보고 오다가 가슴에서 심한 통증을 느꼈다. 엄마는 비명도 지르지 못하고 쓰러졌다. 장바구니가 길바닥에 뒹굴었지만 엄마는 집어 들지 못했다. 심장마비. 너무 갑작스럽고 부당한 돌연사였다. 나는 그 전까지 엄마가 죽을 수도 있다는 생각을 하지 못했었다. 엄마는 나의 전부였는데 예고도 없이 떠났다. 한 마디 말도 없이, 현모양처답게 장을 보고 돌아오는 길에. 엄마는 점심 식사 메뉴를 생각하다 돌연 사망한 게 틀림없다. 전등을 끄는 것처럼 간단하게. 아빠의 죽음은 길고, 힘겹고, 고통스러웠다. 몇 주일 동안의 화학요법이 아무 소용없자 치료를 중단했다. 그리고 기나긴 빈사지경. 나는 병원 침대에 누워 꼼짝 못 하던 아빠를 떠올린다. 비쩍 마르고 창백한 얼굴. 차례로 아빠를 놓아버리는 세포들. 아빠의 몸이 무너져갔다.

파란 눈빛마저 사라져갔다. 이미 유령 같았던 아빠는 겁에 질려 두려움에 떨었다. 겁먹은 소년 같았다. 마침내 아빠는 나에게 물었다. 당신이 죽느냐고. 나는 대답할 수 없었다. 아빠는 다시 물었고, 나는 고갯짓으로 아니라고 했다. 하지만 내 눈에 차올랐던 눈물이 아빠에게 그렇다고 말했을 거다. 아빠를 안심시켜주지 못한 내가 아직도 원망스럽다. 나는 그럴 마음의 준비가 되어 있지 않았다. 혼자서는 아빠를 안아서 일으키는 것이 너무 버거웠다. 하지만 이제 나는 두렵지 않다. 이제 나는 통제할 수 있다. 내가 원하는 곳에서, 내가 원하는 때에, 내가 원하는 대로.

　욕조의 물이 미지근해졌다. 나는 물에서 나와 큰 타월로 몸을 감싼다. 거울 앞에 서서 나를 관찰한다. 거울에 서린 김 덕분에 좀 마르긴 했어도 그리 못생겨 보이진 않는다. 더 꿋꿋이 이겨내야 한다. 어둠 속에서는 눈을 속일 수 있고, 현혹할 수 있다. 나는 미용사 룰루가 가르쳐준 대로 머리를 빗는다. 피부를 부드럽게 하기 위해 몸에 향기로운 크림을 바르고 나서 옷을 입는다.

　나는 로라가 다급하게 보낸 문자 메시지를 발견한다.

> 괜찮아요? 어디 계세요?
> 오늘 저녁 약속을 취소해야 하는 건지 알려주세요.

서둘러 그녀를 안심시킨다.

괜찮아, 고마워. 하루 쉬려고.
오늘 저녁 약속은 오케이.

나는 로라의 노코멘트가 고맙다. 그녀는 특히 스마일리나 히
스테릭한 이모티콘으로 내 기분을 상하게 하지 말아야 한다는
걸 알고 있다. 나는 고요한 아파트를 나왔고, 이상적인 옷을 찾는
데 몇 시간을 보내려 한다. 내게 신뢰감을 준 콤투아 데 코토니에
매장으로 방향을 잡는다.

나를 알아본 판매원이 미소 짓는다. 매장에 다른 손님이 몇 명
있는데도 그녀는 나를 맞아주려고 다가온다. 치열이 고른 그녀
의 하얀 치아가 부럽다. 나는 본능적으로 너무 크고 치열이 엉망
인 내 치아를 감춘다.

"잘 지내셨어요?"

"네, 고마워요."

"찾으시는 게 있으면 말씀하세요."

"원피스나 스커트를 좀 보고 싶은데요."

"손님에게 아주 잘 어울릴 만한 멋진 원피스가 있어요."

나는 이 판매원이 마음에 든다. 처음에는 이 여자의 세련된 용모와 잘 빠진 몸매 때문에 주눅이 들었다. 하지만 오늘 이 여자는 내 편이다. 그녀는 클래식한 블랙 원피스를 들고 와서 보여준다.

"음, 예쁘네요. 근데 좀 짧지 않아요?"

"짧으면 왜 안 되죠? 다리가 예쁘신데 내보여야죠."

나는 왜 그걸 모르고 있었을까? 이 여자와 있으면 자신감이 생긴다.

"그럼 한번 입어볼게요."

몇 분 후, 내가 걸친 원피스는 훨씬 덜 예뻐 보인다. 무엇보다 길이가 너무 짧다.

"어떠세요? 잘 어울리는데요!"

"좀 불편하네요, 진짜로 너무 짧고."

"바로 그래서 예쁜 거예요!"

"네, 하지만 나는 스커트를 입지 않는 편이라서요. 그리고 처음이라서 그런지 좀 어색하네요."

"그러면 트위드 소재 원피스가 있어요. 더 클래식하지만 디자인이 아주 좋은 옷이죠."

"네, 보여줘요."

원피스는 완벽했다. 따뜻하고 부드러운 소재. 손목까지 내려오는 소매와 품은 약간 낙낙하고 재클린 케네디를 연상시킨다. 노팬티로 나가면 나는 완벽한 '워킹 비치'로 보일 것이다. 만족스럽다.

"우리 매장의 핸드백들, 둘러보셨어요? 방금 들어온 것들인데 아주 멋지거든요!"

이 여자는 내 핸드백을 눈여겨보고 있었던 게 틀림없다. 내 마흔 살 생일에 엄마가 선물해준 가방이다. 로큰롤 시대까지는 아니지만 그 버금가게 유행이 지난 건 사실이다.

"네, 좋은 생각이네요!"

핸드백의 가격은 335유로. 나는 생각한다. 내가 좋아하는 만큼 이 여자도 나를 좋아하는 거라고. 나는 속으로 이 정도는 살 수 있다고 말하면서 용기를 낸다. 모든 것은 마음가짐과 배짱의 문제다. 솔직히 말해 심리치료사에게 노팬티로 남자를 만나러 나갔다는 걸 어떻게 얘기할지 벌써부터 입이 근질근질하다. 인생은 짧다고 하는데 이 속담이 나에게는 사실이었던 적이 없었다.

H-1. 나는 새로 산 원피스를 입고 거실에 꼼짝 않고 앉아 시간이 되길 기다린다. 화장에 향수까지 한껏 멋을 내고서. 딜레마에 빠져 있다. 팬티를 입어, 말아? 나는 팬티를 벗고 거울 앞에 서서 훑어본다. 알아볼 수 없다. 어떤 의미에서는 안심이 된다. 갑자기 요란한 소리가 나서 소스라치게 놀란다. 나는 심장발작을 일으킨 토끼처럼 껑충 뛴다. 심근경색을 일으킬 때가 아니다. 이 소리는 뭐지? 이내 인터폰 소리라는 걸 알아차린다. 누구지? 아무도 불쑥 초인종을 누른 적이 없다. 이 집에 불쑥 찾아올 사람은 없다. 아무도 별안간 찾아온 적이 없다. 나는 딱딱하게 굳어 기다린다. 내 심장이 가슴속에서 요동치며 내는 소리만 들리는 고요 속

에서. 인터폰이 또다시 음울한 벨소리를 뱉어낸다. 나는 공포에
사로잡혀서 현관문으로 다가간다. 그리고 건물에서 나는 소리에
귀를 기울인다. 마치 집중력만으로 몇 층 아래 아파트 로비에서
무슨 일이 일어나는지 짐작할 수 있다는 듯. 에릭 르췬인가? 로
라가 내 주소를 알려준 건가? 그 남자가 발정이 나서 나를 덮치
기 위해 내 집으로 달려온 건가? 나는 의심도 없이 로라를 호되
게 나무라기로 작정한다.

"네?"

나는 동화 『빨간 망토』에 나오는 할머니처럼 자신 없는 목소리
로 대답한다.

"실비? 나예요."

"'나'가 누구예요?"

내 목소리가 떨린다.

"나예요, 로라! 괜찮으신지 확인하고 싶어서 왔어요."

로라! 로라, 로라, 로라! 로라가 내 집까지 찾아왔다. 그녀가 저
아래 로비에 와 있다. 그녀에게 속내를 말한 것이 잘못된 생각이
라는 걸 깨닫는다. 그녀가 올라오는 건 말도 안 된다. 그녀가 내
집 현관에 발을 들여놓는 건 말도 안 된다. 로라는 내 어시스턴트
다. 그럴 수 없다. 그녀에게 내 집을 보여주면 안 된다. 내 거실에

침입자처럼 들어와 있는 그녀를 상상하는 것만으로도 불편하다. 노팬티에 새 원피스를 입고서는 대응할 수 없을 것 같다. 그녀가 인테리어 감각이 없는 독신녀의 우중충한 아파트를 보는 게 싫다. 내 고독을 보이고 싶지 않다. 친구들과 찍은 사진, 파티나 여행 사진 한 장 걸려 있지 않은데. 죽은 부모의 빛바랜 사진 몇 장 빼고는 볼 게 전혀 없다.

"응, 괜찮아, 로라. 나 지금 옷 벗고 있어. 방금 샤워하고 나와서. 괜찮아, 들러줘서 고마워."

"오케이! 잠깐 올라가도 될까요?"

"안 돼! 절대로! 그럴 필요 없어! 집으로 돌아가고, 우린 내일 만나지!"

로라가 망설이거나 실망하는 것이 느껴진다.

"오케이……. 그럼 갈게요."

"그래, 로라, 고마워!"

나는 로라가 내 집까지 찾아왔다는 게 믿기지 않는다. 그녀의 염려증이 내 삶을 공포의 도가니로 몰아넣었다. 나는 강장제를 먹기로 한다(어차피 먹었어야 할 텐데). 강장제 두 알을 삼키고 나서 보드카 두 잔을 단숨에 비우고는 반 잔을 더 마신다. 목구멍에서 불이 나고 가슴이 화끈거리지만 효과는 좋다. 나는 불의 마차에 실려 빠르게 돌아오는 용기를 느낀다. 이젠 나도 술을 마시기 시작할지 모르겠다. 그런다고 크리스마스까지 알코올 중독자가 될 위험은 전혀 없다. 설사 알코올 중독자가 된들, 안 될 거 있어?

저녁 7시쯤 나는 바스티유 역을 나온다. 평소에는 전혀, 아니 거의 향수를 뿌리지 않아서인지 100미터 떨어진 데까지 냄새를 풍기고 있는 것 같다. 돈을 과하게 쓰긴 했지만 겔랑 향수를 뿌린 것이 잘못된 거라고 생각하지는 않는다. 새 코트 안의 몸이 부르르 떨린다. 맨다리로 다니는 사람은 나밖에 없을 거다. 나는 지하철에서 자리에 앉을 용기가 나지 않았다. 바보 같다는 거 알지만 앉아서 다리를 꼬거나 풀다가 어느 변태의 시선을 끌까 봐 너무 겁이 났다. 집을 나서면서부터 나는 계속 생각한다. 미친 짓을 저지르고 있다고. 무엇보다 로라의 엉뚱한 의견을 생각하면서. 다행히 보드카가 날개를 달아주고 있다. 내가 이제껏 저지른 짓 중

가장 미친 짓이 틀림없다. 하지만 노팬티에 원피스 차림으로 걷는 건 생각보다 재미있다. 어떤 처벌도 받지 않고 사람들을 속이고 있는 느낌이다. 나는 오늘 밤 혼자 집으로 돌아갈 확률이 크다고 생각하면서 안도한다. 에릭은 내 배꼽 아래에서 일어나는 사이코드라마는 절대 알지 못할 거다. 한순간 가방에 예비 팬티를 집어넣을 생각도 했지만, 소매치기에게 털릴지도 모른다는 두려움이 더 컸다. 만원 열차 안에서 소리도 제대로 못 지르는 내 모습을 상상한다.

'도둑이야! 저자를 붙잡아요! 내 팬티를 훔쳤어요!'

나는 불안에 떤다. 소매치기의 얼굴에서 실망을 읽는 것이 무엇보다 두렵다. 팬티를 들켰다는 민망함을 떨치기 위해 내가 읽은 책, 내가 본 영화를 모두 떠올리면서 궁리를 한다. 교양 깨나 있는 말로 받아치기 위해서. 마치 소매치기가 내 가방을 훔친 주요 동기가 타티아나 드 로스네, 델핀 드 비강의 신작 소설 또는 자크 오디아르 감독의 최신작에 대한 내 생각을 알아내려는 것이었다는 듯. 이렇게 마음의 준비를 하고 나니 안심이 된다. 그사이 나는 바 앞에 도착한다. 어제저녁보다 훨씬 사람이 많다. 따뜻한 공기가 내 다리를 기분 좋게 어루만진다. 나는 실내를 훑어보며 수염을 기른 대머리 남자를 찾는다. 대머리가 몇 명 있다. 수

염 있는 남자는 많다. 에릭 르죈은 어디 있지? 도로 나가고 싶어진다. 그때 누군가가 내 어깨를 톡톡 친다.

"실비?"

나는 돌아보다 에릭을 발견한다. 그를 실물로 보니 묘한 느낌이다. 사진과 똑같다. 대머리에 수염, 상상한 것보다는 더 호리호리하다. 청바지에 흰 셔츠, 검정 재킷. 세련되면서 자유로운 복장. 나는 그의 노력을 높이 평가한다. 그가 대번에 내 뺨에 입을 맞추는 것으로 인사한다.

"아, 안녕하세요, 에릭, 나를 알아봤어요?"

은은하면서 기분 좋은 그의 향수 냄새. 나와는 달리 그의 피부는 약간 구릿빛이다. 내가 생기 없고 못나게 느껴진다. 긴장이 되어서 데오도란트를 뿌리고 나오길 잘했다고 생각한다. 나는 늘 선견지명이 있었다. 법적인 일에 관해서는.

"네, 로라가 인상착의를 알려줬거든요. 뭐 마실래요?"

"글쎄요, 모르겠네요. 당신과 같은 거?"

"나는 피노누아 로제와인을 마실 건데요?"

"좋아요, 나도 그걸로 하죠!"

우리는 아무 말 없이 잠시 서로를 쳐다본다. 고문이 따로 없다. 음악과 와자지껄 떠드는 소리가 우리 사이의 침묵을 채워준다.

나는 바보같이 아는 체를 하며 리듬에 맞춰 고개를 까딱거린다.

"쉽게 찾았어요?"

"네, 아는 곳이에요!"

웨이터가 주문한 와인을 가져온다. 우리는 건배를 한다. 나는 즉시 크게 한 모금 꿀꺽 삼킨다.

"많이 배고프지 않으면 이 집에 가볍게 요기할 만한 햄과 소시지 안주가 있는데요."

"네, 알아요!"

나는 이 남자가 중간에 줄행랑칠 생각이 없는 것으로 판단하고 긴장을 약간 푼다.

"로라와는 친구예요?"

"사실은 내 어시스턴트예요. 알고 있겠지만 로라와 나는 같은 나이가 아니에요. 당신은 로라를 어디서 알았어요?"

"공통으로 아는 친구들이 있어요. 나도 나이가 더 많아요. 마흔을 훌쩍 넘었으니까."

나는 와인을 벌써 거의 다 마셨다. 이 남자는 나를 술꾼으로 생각할 거다.

"같은 걸로 한 잔 더 할래요?"

"글쎄요, 당신은?"

"나는 아직 남았지만 안 될 거 없잖아요?"

에릭이 웨이터에게 손짓한다. 이 바의 단골인 것 같다. 여기서 얼마나 많은 여자를 만났을까? 금발 미녀는 몇 명이나 될까? 방탕한 빨간 머리도 만났을까? 노팬티 여자도 있었을까?

"많이는 마시면 안 돼요, 스쿠터를 타고 와서."

"아, 네. 나는 괜찮아요. 지하철 타고 왔거든요."

"집이 멀어요?"

"아뇨, 볼테르 쪽에 살아요. 그 동네를 아주 좋아하죠."

"좋은 동네죠. 전에 사무실이 그쪽에 있었는데 지금은 이전했어요."

나처럼 밋밋하고 전혀 재미없는 대화. 하지만 무슨 말이든 꺼내야 한다.

"무슨 일 하는데요?"

"실용 가이드북 전문 출판사 영업부에서 일해요. 당신은?"

"나요? 나는 노팬티예요."

"뭐라고요?"

맙소사, 내가 그 말을 한 거야? 나는 굳어버렸다. 와인을 너무 급하게 마셨다. 용기를 내기 위해 집에서 보드카 몇 잔을 들이켠 건 생각도 않고. 신디의 왁싱숍에서 얻은 교훈을 벌써 잊어버린 건가. 에릭은 내 말을 들었다. 들은 게 확실하다.

　"노팬티라고 했어요."

　나는 그에게만 들리게 몸을 가까이 대고 반복했다. 그의 셔츠 안에서 뛰는 심장이 느껴지고 내 목덜미에 닿는 뜨거운 숨결을 느낀다. 나는 사춘기 소녀처럼 떨리는 흥분을 느낀다. 그가 나를 쳐다보지도 않고 내 목덜미에 키스를 한다. 나는 기쁨의 전율을 느낀다. 그가 한 손으로 격하게 내 허리를 감아 안는다. 그리고 마치 영화처럼 카운터에 지폐 한 장을 던지고 내 가방을 집어 주고는 밖으로 이끈다. 그가 바의 쇼윈도 앞에서 난폭하게 키스를 한다. 내 머릿속에서는 「나인 하프 위크」의 한 장면이지만, 행인들에게는 대머리 남자가 비쩍 마르고 구부정한 갈색 머리 여자에게 키스하는 모습일 뿐이다. 나는 희열로 몸이 촉촉해진다. 내가 몸에 달라붙자 그의 가랑이 사이가 단단해지는 걸 느낀다. 나는 숨이 멎을 정도로 놀란다.

　"집이 여기서 멀지 않다고 했죠?"

　"네, 그리 멀지 않아요."

　"당신 집에 가도 돼요?"

　"네."

　"스쿠터를 타고 갈 거지만 당신이 쓸 헬멧은 있어요."

그가 또다시 키스한다. 나는 덥고 춥고 부르르 떨린다. 열에 들떠서 헬멧을 쓰는데 머리에 너무 꽉 낀다. 빌어먹을 머리. 햄스터처럼 보이겠지만 스무 살로 돌아간 느낌이다. 아니, 열네 살. 스쿠터를 타고 집으로 가기는 처음이다.

나는 스쿠터에 올라 서툴게 그에게 달라붙는다. 무엇보다 떨어지지 않으려고. 무엇보다 처음이라는 티를 내지 않으려고. 밤이라서 아무도 내 치마 속을 보지 못하는 것은 다행이다. 나는 그에게 바짝 달라붙는다. 행복하다. 이렇게 로맨틱한 경험을 한 적이 없었다. 「타이타닉」의 그 장면과 비교하면 정어리 낚시를 하는 수준이지만.

"괜찮아요? 너무 춥지 않아요?"

나는 몹시 추워서 덜덜 떨리고 닭살이 돋지만 상관없다. 나는 계속 이다음을 생각한다. 그의 재킷 너머로 키스하고 싶은 걸 자제한다. 좁은 엘리베이터 안에서 나는 거울을 외면한다. 내 모습을 보고 싶지 않다. 나를 잊고 싶다. 나는 그에게 달라붙어서 바지 너머를 쓰다듬는다. 그는 곧 폭발할 것 같다. 층계참에서 그가 확인하려는 듯 내 치마 속으로 손을 넣는다. 내 허벅지는 차갑지만 속에서는 불이 난다. 아파트 안으로 들어서자 나는 전등을 켜지도 않고 그를 침실로 이끈다. 바에서부터 우리는 사실상 서로 말을 걸지 않았다. 그렇지만 연인처럼 서로에게 달려든다. 창문을 통해 비쳐드는 누런 가로등 불빛 속에서 우리는 허겁지겁 옷을 벗는다. 희미한 불빛 속에서 우스꽝스러운 몸짓을 하는 커플. 바로 이런 불빛이 나의 콤플렉스와 그의 시선으로부터 나를 보호해준다. 그의 애무를 받으며 나는 신선한 살에 굶주린 좀비가 되고, 욕정에 불타고 감전된 것처럼 찌릿하다. 그의 뜨거운 몸에 내 몸을 비빈다. 그 접촉으로 내게 쾌락의 스파크가 일어난다. 살아 있다는 걸 느끼는 것이 이렇게 좋을 줄이야. 내 몸에 밀착된 그의 살갗을 느낄 필요가 있다. 살갗은 부드럽고, 털이 간질인다. 그의 몸은 뜨겁고 뼈마디가 굵고 근육질이다. 하이킹 만세. 단단한 그것이 내 몸에 닿는 걸 느낀다. 나는 꼿꼿하게 서서 경례하는 그것을 쳐다본다. 크리스마스트리처럼 아름답다. 액체가 약간 배어나오고 내 손길에 흥분한다. 에릭이 아주 부드럽게 신음한다. 나는 그의 페니스가 좋다. 아름답고 부드럽다. 길들여진 작은 동물 같다. 나는 여우와 어린 왕자를 떠올린다. 안심시키고 만지고 애무하고 키스하고 삼키고 빨아들이고 먹고 싶다. 나는 슬며시 입을 가까이 가져간다. 나는 그의 페니스에 도취된다. 너무 그리웠다. 나는 물색없이 뺨으로, 입으로 그리고 얼굴 전체로 애무한다. 에릭의 신음 소리가 점점 더 커진다. 하지만 나는 그의 페니스만 생각하고 그것만 본다. 나는 부드럽게 핥고 키스하면서 맛을 본다. 짭짤한 팝콘 맛이 난다. 나는 굶주린 여자처럼 달려든다. 성욕에 휩쓸린 나는 더 이상 내가 아니다. 나는 그것이 내 입을 가득 채우기를 바란다. 나에게는 그것만 중요하다. 드디어 내가 토해내는 신음 소리가 들린다. 나는 마침내 야성에 항복한다. 에릭이 베개 밑으로 얼굴을 파묻고 거위 털 너머에서 머리를 흔들며 헐떡이는 소리가 들린다. 깜짝 놀란 나는 내 몸에 이슬처럼 맺힌 땀을 발견한다. 나는 마치 처음이자 마지막인 것처럼 섹스를 한다. 정말로 밝히는 여자처럼.

"들어와요. 더는 못 참겠어. 들어와."

에릭이 베개에서 나와 내 다리를 세우고 내 안으로 들어온다. 마침내! 나는 그로 가득 차 있다. 나는 이제 더 이상 혼자가 아니다. 거사를 치른 그가 내 옆에 누워서 부드럽게 내 머리를 자신의 가슴에 올려놓는다. 뺨을 타고 눈물이 흐르기 시작했다. 고장 난 수도꼭지 같다. 하염없이 흘러내리는 눈물. 잠시 후, 나는 코가 너무 간지러워서 훌쩍였다.

"왜 그래요?" 에릭이 내 쪽으로 얼굴을 돌리면서 걱정한다.

"아니에요. 미안해요. 좀 감격해서."

"이해해요. 끝내줬어요."

나는 울음이 터진다. 모든 게 터져 나온다. 나는 멈출 수가 없다. 에릭이 어찌할 바를 모르는 얼굴로 나를 쳐다본다. 이윽고 그가 나를 좀 세게 끌어안는다. 감정 조절 실패로 둑이 무너졌다. 봇물처럼 터져 나온 나의 물에 그의 몸이 젖는다.

"미안해요. 하긴 했지만 나는 뭐가 뭔지 몰라요."

지금까지 이뤄낸 무드를 내가 깨버리고 있다는 걸 알아차린다. 이건 혼란과 눈물만 더 증가시킬 뿐이다. 에릭이 괜찮다고 되뇌면서 내 등을 토닥인다. 이렇게 좋게 말하는 건 그만큼 괜찮지 않다는 거다. 그는 "어느 정도냐 하면, 진짜 끝내줬다"고 말한다. 그가 나를 위로하려고 애를 쓸수록 나는 눈물이 더 흐른다. 그가 먼저 잠든 것 같다.

나는 잠들기 전에 아빠를 생각했다.

자세 똑바로 해야지. 가만히 앉아 있어. 그만 움직이라니까. 식탁에다 팔꿈치 괴지 말고. 다리 흔들지 마. 깨작거리지 말고. 뛰어다니지 마. 그렇게 펄쩍펄쩍 뛰지도 말고. 소리 좀 내지 마라. 나대지 마. 바보 같은 짓 하지 마. 얌전해야지. 바보처럼 웃지 마. 인상 쓰지 말고. 그만해. 입 다물어. 네 방으로 가. 내가 먹으라고 할 때 먹어야지.

아빠는 나에게 애정 어린 말을 한 번도 한 적이 없다. 그 정도로 어린 시절에는 나를 걸어 잠그는 자물쇠가 많았다. 하지만 아빠, 오늘 저녁 나는 얌전하지도 가만히 있지도 않았어. 나는 엄청 움직였고 소리까지 많이 냈어. 오늘 저녁, 나는 굶주려 있었고 남자를 집어삼켰어. 그러고 싶었기 때문에 그렇게 했어. 내겐 그럴 권리가 있어. 이제부터는 내가 하고 싶은 걸 할 거야.

다음 날 에릭은 쪽지를 남겨놓았다. 그는 멋진 밤에 대해 고맙다면서 내 기분이 좋아지길 바라며 곧 전화하겠다고 했다.

오케이, 하지만 어떻게? 내 전화번호를 줄 겨를이 없었다. 그리고 나는 페이스북을 안 하는데. 로라를 통해서 하려나?

나는 가랑이 사이로 뭔가가 흘러내리는 걸 느끼고 깜짝 놀란다. 정액. 급히 서두르느라 우리는 콘돔을 사용하지 않았다. 나는 그를 원망하기는커녕 정반대다. 마치 나는 임신이나 성병에 걸릴 위험이 없다는 듯. 나는 그 전에 죽을 거다. 당장 씻고 싶지는 않다. 그의 흔적을 몸에 간직한다. 나는 꿈을 꾼 게 아니었다. 한 남자가 내 몸에 들어왔었다. 내가 섹스를 했다. 그것도 주중에.

'너 어제 뭐했어?'

'나? 섹스 했어.'

나는 즐기기 위해 필름을 되돌린다. 아파트를 출발해서 이미 사람들로 북적이는 바에 도착, 내 어깨를 톡톡 치는 남자의 손.

나의 첫 마디는 우스꽝스럽다. '나를 알아봤어요?' 바보 같긴!
너무 빨리 마셔서 핑 돌았던 피노누아 로제와인 첫 잔. 그리고 역
대급 실언. '노팬티예요.' 입이 근질근질해서 참을 수가 없었다.
도 아니면 모였다. 그는 못 들었거나 잘못 들은 것처럼 할 수도
있었을 텐데. 급한 전화가 왔다거나 차를 다른 데로 옮겨 주차해
야 한다고 핑계를 댈 수도 있었을 텐데. 아니었다. 그는 내 목덜
미에 키스했다. 나는 사춘기 소녀처럼 킁킁거리며 그의 베개 냄
새를 맡는다. 그의 냄새가 느껴진다. 나는 꿈을 꾼 게 아니다. 한
남자가 어젯밤 여기 있었다. 나는 '그의 베개'라고 말한다. 마치
그의 베개인 것처럼. 마치 그가 다시 올 것처럼. 그가 내 안에 들
어왔을 때의 충만감을 떠올리려고 노력한다. 나는 행복했고, 만
족스러웠고, 눈물을 펑펑 쏟을 정도로 감격했다. 진짜 울보처럼.
나는 약간 나사가 풀려 있었다. 그렇지만 완벽했다. 너무 압박감
이 컸던 게 틀림없다. 완벽한 트리플악셀을 뛰었지만 착지에서
실수하며 부상당한 피겨 스케이터 같다. 나는 금메달을 따지 못
할 것이고, 애프터도 받지 못할 거다.

   망친 거다, 나처럼.

   나는 로라에게 오늘도 점심시간 이후에 출근할 거라고 문자
메시지를 보낸다. 벌써부터 안달 난 로라가 엘리베이터 앞에서

기다리고 있다가 고깃덩어리에 달려드는 하이에나처럼 나에게 달려드는 모습이 상상된다. 나는 그녀와 마주할 엄두가 나지 않는다. 무엇보다 어제저녁 인터폰으로 촌극을 벌인 뒤로, 더. 내가 마지막으로 하고 싶은 건 로라에게 어젯밤의 일을 순서대로 털어놓는 것이다. '팬티에 대해서는 자기 말이 맞았어. 나는 그를 활활 불태웠고, 그는 굉장히 흥분했고, 우리는 밤새 키스를 했고, 오늘 아침은 겨우 걸을 수 있는 정도야.' 이런 말은 친구끼리 하는 얘기다. 하지만 로라는 내 친구가 아니라 어시스턴트다. 비록 로라의 도움이 없었다면 에릭을 만날 일은 결코 없었으리라는 건 부인할 수 없지만 나는 그녀에게 털어놓지 않을 거다. 그 기억, 그 이미지, 그 포옹, 그 숨소리, 그 뜨거운 숨결, 모두 내 무덤으로 가져갈 거다. 나는 에릭의 냄새가 밴 침대에서 뒹굴며 하루를 보내고 싶지만 좋은 생각이 아니다. 마음을 가다듬어야 한다. 지난 몇 시간은 역동적이었으니 차분하게 가라앉힐 필요가 있다. 에릭은 연락해오지 않을 게 틀림없지만 그건 중요하지 않다. 그는 내가 원하는 걸 선물해주었다. 백조의 노래 같은 마지막 사랑의 밤을. 그 몇 시간 동안에 내 육체가 되살아났다. 또 다른 인생에서는 그것이 내 인생일 수도 있다는 걸 어렴풋이 봤다. 나는 시트를 갈지 않기로 하고 샤워를 하러 간다.

나는 조용하고 평온한 회사에 도착한다. 엘리베이터에서 내리니 예상대로 로라가 나에게 시선을 던진다.

　"안녕하세요, 실비, 괜찮아요?"

　나는 그녀의 질문에서 어떤 저의도 간파하지 못한다. 나는 선문답을 한다.

　"응, 고마워."

　"로랑이 비송 서류 문제로 만나고 싶다고 했는데, 실비는 몸이 좀 안 좋아서 오후에 출근할 거라고 말해뒀어요. 출근했다고 알릴까요?"

　"고마워, 내가 직접 연락할게."

그렇게 말하고 내 사무실 문을 닫는다. 나는 컨디션이 아주 좋기 때문이다. 그러고는 로라에게 커피 한 잔 가져다달라고 부탁한다. 물론 그녀는 서둘러서 커피를 가져온다.

"여기요, 아주 뜨거워요!"

"고마워, 로라."

"천만에요."

로라는 다른 말을 기다리는 것 같다. 엷은 미소, 공모의 눈길, 뉴스, 에피소드, 음담패설. 나는 배은망덕하다.

"에릭 르쾬과의 만남을 주선해준 것, 고마워. 아주 호감이 가는 남자였고 멋진 저녁 보냈어."

"와우! 하하! 그러고요?"

나는 개의치 않는다. 거북함이나 부끄러움이라곤 없이 나는 그녀의 눈을 빤히 쳐다보면서 밋밋한 미소를 짓는다.

"이제 일해야 되는데."

로라는 더 이상은 알아내지 못하리라는 걸 알아차린다. 쥐어짜낼 이야기보따리는 없다는 걸. 많이 실망했을 텐데도 내색하지 않고 쿨하게 내 방을 나간다. 나는 양심의 가책 없이 비송 서류에 몰두한다. 크리스마스 전에 매듭지으려면 처리해야 할 일이 많다.

"안녕하세요, 프랑크."

나는 꼿꼿한 자세로 심리치료사를 빤히 쳐다보며 거침없이 손을 내민다. 나는 다른 사람이 되었다.

"안녕하세요, 실비. 이번 주는 어땠나요?"

"아주 좋아요!"

프랑크는 여유 있게 나를 쳐다본다. 이 남자도 내가 달라졌다고 생각할 거다. 나는 달라졌기 때문이다. 게다가 이 남자는 더이상 나에게 강한 인상을 주지 않는다. 여러 번 머리칼을 쓸어 넘겨봤자 나에게 아무런 영향도 주지 못할 테다. 나는 일정량의 테스토스테론을 얻었다. 그래서 이 남자가 그리 매력적이지 않다.

그리고 아프리카 조각상은 너무 작위적이다.

"얘기해줘요."

"기분이 아주 좋아요. 육체적, 감정적인 면에서 많은 일이 일어났죠. 세련된 표현은 아니지만, '배출'이 된 것 같아요."

"오케이."

프랑크는 다음 말을 기다리면서 고개를 끄덕인다.

"한 남자와 섹스를 했어요. 야성적이고 좋았어요."

나는 이 남자의 눈에서 상당히 놀라는 빛을 감지한다. 아주 순간적이지만. 내 인생의 마지막 사건에 내가 가장 놀란 게 아닐지도 모르겠다.

"역설적이게도 눈물로 끝났지만 좋았어요. 뭐라고 말해야 할지 모르겠는데, 진정이 되고 평온하고 평화로웠어요. 마음의 준비가 된 것 같아요."

"오케이. 눈물로 끝났다고 했는데, 왜죠?"

"아주 강렬하고 격렬했죠. 우리는 서로 모르는 사이였지만 아주 친근했어요. 그러다 그 직후에 슬픔이 몰려오는 걸 느꼈는데 걷잡을 수가 없었어요. 그래서 놀라웠지만 그게 아주 좋은 영향을 준 거 같아요. 그 슬픔이 모든 걸 날려버렸거든요. 이제 내 안에 슬픔이나 미련 같은 건 없어요. 나는 각오가 됐어요. 날짜를

앞당기고 싶은 마음도 있고요."

"왜 서두르죠? 아직 한 달 남았는데. 그 남자를 다시 만나고 싶지 않습니까?"

"네, 아무 상관없어요. 다시 만나서 좋을 리 없을 테니까. 그저 마법처럼 돌발 상황이 일어난 거였어요."

"지금부터 크리스마스까지 또 다른 멋진 순간들을 보낼 수도 있잖아요? 어쩌면 크리스마스 이후에도?"

"모르겠어요. 하지만 이제는 그런 거 관심 없어요. 기분이 좋거든요, 진짜 좋아요."

"그런데 왜 죽고 싶죠, 실비?"

"좋은 때니까요."

"이 얘기는 다음에 다시 할까요?"

이번에는 내가 심리치료사를 쳐다본다. 이 남자가 예민해져 있는 것 같다. 내가 허를 찌른 거다. 이 남자는 자신감이 떨어진 것 같다. 두려워하고 있다. 나 때문에 두려운 걸까? 아니면 자기 자신 때문에 두려운 걸까? 지금까지 내 죽음이 이 남자의 직업에 영향을 줄 거란 생각을 해본 적이 없었다. 해가 될지도 모르겠다. 실패가 될 테니까. 대체 무슨 상상을 했기에? 부두교 조각상들로 나를 살릴 생각이었나? 나도 모르게 내 목숨을 구해줄 생각이었나? 스스로 죽음을 선택하겠다는데 그게 뭐 그렇게 방해가 된다고? 인간은 누구나 죽는다. 우리 모두 관에 들어가는 것으로 생을 마감한다. 그리고 버스에 치여 죽는 것이 영혼과 의식이 있는 상태에서 죽는 것보다 더 터무니없다. 장바구니를 들고 거리에서 쓰러져 죽는 것이 더 터무니없다. 내 죽음이 왜 이 남자에게 실패가 되겠어? 그건 내 죽음인데.

"날짜를 연기하라는 뜻인가요?"

"네, 어떤 의미에서는."

"오케이, 그래도 일주일 이상 미루지는 않을 거예요. 그리고 아직은 처리하지 못한 서류들이 있어서."

"그럼 다음 주에도 오는 거죠, 실비?"

이번에는 내가 심리치료사를 곤경에서 구해주었다. 그는 안도한 나머지 나에게 숙제 내주는 걸 잊었다. 살날이 앞으로 일주일 남았다면 뭘 하고 싶어요? 나는 곧장 집으로 향한다.

나는 플랫폼에서 덜덜 떨며 지하철을 기다린다. 걸어갈 수도 있지만 비가 와서 단념했다. 습기보다는 열차 안의 탁한 공기가 더 낫다. 플랫폼 끝에 누군가가 누워 있다. 나는 그냥 지나칠 수가 없다. 주위를 둘러봐야 황폐함과 고독만 보인다. 나는 맨바닥에 누운 사람을 바라본다. 저 사람에게 무슨 일이 일어난 걸까? 어쩌다 인간이 저 지경이 된 걸까? 열차가 도착하고 있는데 그 실루엣의 무언가가 나를 사로잡고 자석처럼 끌어당긴다. 나를 끌어당기는 것은 아마도 꼼짝하지 않는 부동성일 거다. 고난의 넝마 한 무더기. 나는 다가간다. 근처에 가자마자 고약한 냄새가 코를 찔러서 머뭇거린다. 이 몸뚱이와 세상 사이에 후각의 장벽

이 세워져 있는 것 같다. 작은 키로 보아 상태가 아주 안 좋은 여자가 틀림없다. 나는 냄새를 참으면서 다시 다가간다. 아스팔트 위에 내 발소리가 울린다. 꾀죄죄한 얼굴이 눈에 띄지만 여자의 나이는 짐작할 수가 없다. 머리에 맨 두건 같은 것에서 반백의 머리가 삐져나와 있다. 아마도 방한모겠지? 60대처럼 보이는 40대일지도 모른다. 몇 겹으로 껴입은 꼬질꼬질하고 악취가 나는 옷속의 몸은 허약하리라고 짐작된다. 여자가 내 존재를 느낀 모양이다. 눈을 감고 있지만 입을 비죽거리는데, 고통의 탈을 쓰고 있는 것 같다. 부상당한 야생동물에게 다가가는 심정이다. 나는 두려웠다.

"부인? 어디 안 좋으세요, 부인?"

여자가 눈을 깜박인다.

나는 여자 옆에 쭈그리고 앉는다. 지독한 지린내 때문에 속이 울렁거린다. 나는 요령이 부족한 걸 여자에게 들키지 않길 바라면서 캐시미어 머플러에 코를 묻는다. 하지만 여자는 그런 행동에 조금도 개의치 않는다. 여자가 고통스러워하는 개처럼 조그맣게 신음 소리를 낸다. 그녀가 나를 향해 손을 약간 내민다. 나는 반사적으로 그 손을 잡는다. 여자가 놀라운 힘으로 내 손을 잡는데, 새끼 양의 발톱 같다.

"소방서나 115°에 연락할까요? 괜찮으세요? 어디가 아픈데요?"

여자가 대답 없이 뼈마디가 굵고 꾀죄죄한 손으로 내 손을 좀 더 세게 잡는다. 나는 손을 빼고 싶지만 덫에 걸려버렸다. 여자의 손을 잡고 있는 것이 역겹고 구토가 일지만 나는 손을 뺄 엄두가 나지 않는다. 나는 구역질을 참는다. 시큼한 악취가 내 눈과 피부를 공격한다. 사람들이 우리에게 눈길도 주지 않고 열차에서 내리고 탄다. 나는 다른 손으로 소방서에 전화를 건다. 통화 연결음이 길게 느껴진다. 나는 뭘 해야 할지 몰라서 노래를 흥얼거리기 시작한다. 여자가 잠이 들어서 나를 놓아주길 바라는 바보 같은 생각으로 흥얼거린다. 하지만 여자의 꺼칠꺼칠한 손은 내 손가락을 으스러져라 잡고 있다. 마치 내 손에 마지막 온 힘을 집중하는 듯했다. 나는 가져본 적도 없는 아이를 위한 노래를 부른다. 차츰 여자의 얼굴에서 긴장이 풀어진다. 마침내 전화선 너머에서 한 목소리가 대답한다.

"여보세요, 안녕하세요. 파르망티에 지하철역 플랫폼에 의식

• 노숙자들에게 비상 상황이 발생했을 때 응급 구조를 요청하는 무료 전화번호.

을 잃은 여자가 쓰러져 있어요."

"숨을 쉽니까?"

"그런 것 같은데 옆으로 누워서 내 손을 잡고 있어요. 손을 너무 꽉 쥐고 있어서 벗어날 수가 없어요. 노숙자인데 아픈 것 같아요."

이 여자의 드라마틱한 상황을 생각하면 잘못된 표현이다. 나는 감정이 북받쳐 오른다.

"깨어 있게 해야 합니다. 구급대가 즉시 출동하겠습니다."

"내가 할 수 있는 건 하겠는데, 이 사람 잠든 것 같아요. 만져보는 건 힘들어요, 냄새가 너무 심해서."

나는 구급대원들을 기다리면서 이 여자를 위해 더 이상 해줄게 없는 것이 약간 부끄럽다. 여자의 손에 잡힌 내 하얀 손을 쳐다보면서 장갑을 끼지 않은 걸 후회한다. 여자의 손을 놓을 수가 없다. 나는 소독제를 푼 욕조 안에 여자를 넣고 싶은 마음뿐이다.

"부인? 제 말 들리세요? 구급대원들이 곧 도착할 거예요. 그러면 부인을 보살펴줄 거니까 다 잘될 거예요."

아니, 다 잘되는 건 아니다. 하지만 나는 뭐라고 말해야 할지 모른다. 그래도 회의적으로 굴기보단 여자를 안심시키고 싶다.

마침내 장비를 갖춘 구급대원 두 명이 플랫폼에 나타나는 걸 보면서 나는 손을 흔든다. 우리를 발견하지 못할 리 없는데도.

갈색 머리와 혼혈인, 비누 냄새를 풍기는 건장한 체격의 구급대원 두 명을 맞으며 나는 안도한다.

"안녕하세요, 이 여자가 적어도 10분 전부터 내 손을 잡고 있는데 놓을 수가 없네요."

구급대원 중 갈색 머리가 내 옆에 쭈그리고 앉는다. 그가 여자의 손아귀에서 부드럽게 나를 해방시켜준다. 나는 안도하며 비켜선다. 내 손을 되찾았다. 구급대원이 여자의 맥박을 재고 나서 동료 쪽으로 고개를 돌리고 손짓으로 끝났다는 표시를 한다.

"우리가 할 일이 아무것도 없습니다. 사망했어요."

"네?"

나는 망치로 한 방 얻어맞은 느낌이다.

"안타깝지만 이분은 사망하셨어요. 몇 분 전에요. 사망 확인을 해줄 의사를 불러야 합니다."

"하지만 어떻게 이렇게 죽어요? 내 손을 잡고 있었는데. 이 여자는 눈을 깜박였고, 나는 말도 하고 노래까지 불러줬어요. 편안해하는 것 같았는데."

감정이 복받친 내 목소리가 너무 날카롭다. 두 구급대원이 난감한 얼굴로 나를 쳐다본다. 젊지만 경험깨나 있어 보이는 대원들. 그들에게는 첫 번째 변사자가 아닌 게 틀림없다.

"바로 그 순간에 사망한 모양이네요." 혼혈인 구급대원이 머뭇거리며 중얼거린다.

나는 내 손을 살핀다. 죽은 여자의 손을 잡고 있던 손. 반사적으로 선로 쪽으로 돌아서서 토한다. 전부 다 토한다.

"괜찮으세요, 부인?" 혼혈인 구급대원이 나에게 묻는다.

나는 대답할 수가 없다. 경련이 일어나고 눈물이 차올라 시야가 뿌옇다. 구급대원이 내 손을 잡고 조심스럽게 선로에서 멀리 떨어져 있게 한다.

"괜찮을 겁니다, 부인. 누군가 도와줄 분에게 전화하시겠어요?"

내가 고개를 끄덕이는 사이 혼혈인 구급대원이 손수건을 내민다. 그의 동료가 내 휴대폰을 손에 쥐어준다. 통화한 사람이 많지 않아서 다행이다.

나는 얼떨결에 프랑크에게 전화를 건다.

"여보세요?"

나는 울음을 터뜨린다.

"여자가 죽었어요! 내 손을 잡고 있다가 죽었어요."

"실비? 당신이에요? 무슨 일이에요?"

"프랑크, 다시 가도 될까요? 너무 안 좋아요!"

나는 뒤에 서 있는 혼혈인 구급대원에게 휴대폰을 건넨다. 더는 한 마디도 할 수 없는 상태이기 때문이다. 구급대원이 상황을 설명하는 소리가 들린다. 파르망티에 지하철역 바닥에서 죽은 여성 노숙자의 손을 내가 잡고 있었다는 설명.

그사이 동료 구급대원이 노숙자의 시신에 덮개를 씌워놓았다. 죽은 여자는 폐물에서 유해로 바뀌었다.

구급대원이 휴대폰을 돌려주고 내 가방을 손에 쥐어주고 나서 아주 조심스럽게 멀리 떨어진 노란 의자 중 하나에 나를 앉힌다. 나는 신선한 공기를 마시고 싶다.

"친구 분이 곧 오겠다고 하셨어요. 근처에 계신 것 같아요. 괜찮으세요?"

나는 고개를 끄덕이고 호흡을 가다듬는다. 구경꾼들이 궁금하기도 하고 바쁘기도 한 표정으로 우리를 힐끔거리면서 휴대폰을 만지작거린다.

갈색 머리 구급대원이 자판기에서 뽑아 온 생수 한 병과 마스 초콜릿바 한 개를 나에게 건넨다. 광고가 생각난다. '마스 초콜릿바 하나로 활기를'.

"드세요, 도움이 될 겁니다."

지금 이 순간은 무엇보다 열렬한 포옹을 원한다. 하지만 나는 고마워하면서 물병을 받아든다. 입안이 쓰고 목구멍이 아프다. 하염없이 눈물이 흐른다. 그때 마침 나의 구세주를 발견한다. 프랑크는 거의 뛰어오고 있었다. 소심한 애인처럼 나를 향해 달려오는 그를 보면서 나는 당황한다. 마치 자기 목숨이 달려 있는 것처럼 허겁지겁 달려온다. 파란색 후드재킷은 처음 보는 옷이다. 프랑크에게 잘 어울린다.

　그가 내 어깨를 잡는다.

　"괜찮아요, 실비? 괜찮은 거죠?"

　나는 그의 품에 안긴다.

　"자, 내 상담실로 갑시다."

　프랑크와의 접촉으로 나는 기운을 차린다. 그가 아주 부드럽게 나를 출구 쪽으로 이끌면서 나의 구급대원 친구들에게 인사한다.

　"고맙습니다! 그럼 수고하세요!"

　나는 뒤돌아보지 않고 프랑크가 이끄는 대로 출구를 향해 걸어간다. 신선한 공기와 비, 나는 안도의 숨을 크게 내쉰다. 파리의 공기가 이렇게 맑게 느껴진 적이 없었다. 밤이지만 도시는 아직 행인과 차들로 붐비고, 거리에는 생동감이 넘친다. 소란스러운 도시는 이렇게 주민들에게 무심한 채 예사로이 흘러간다.

프랑크의 상담실에 도착하자마자 나는 얼른 손을 씻으러 화장실에 간다. 나는 세균을 죽이기 위해 거의 델 것처럼 뜨거운 물에 손을 담근다. 여러 번 반복한다. 피부가 보호해주고 있어 다행히 열 두드러기는 일어나지 않았다. 프랑크가 손 닦을 깨끗한 수건을 가져온다.

나는 부르르 떨면서 소파침대에 주저앉는다. 프랑크가 담요를 덮어준다.

"난방 온도를 좀 올려줄까요? 아니면 차나 커피 마실래요?"

"아니, 괜찮아요, 고마워요. 피곤하네요."

"충격 받은 거예요."

나는 컨디션이 아주 나쁘고 온몸이 떨린다. 몇 시간 전 바로 이 소파침대에서 선문답을 하며 떠들어댔는데 지금은 바보 같다. 프랑크는 아무 말도 하지 않은 채 내 이야기에 집중하기 위해 진지한 얼굴로 기다리고 있다.

"그 여자가 죽었다는 걸 몰랐어요. 내가 왜 그 여자에게 갔을까요, 바닥에 누워 있는 노숙자를 처음 보는 것도 아닌데. 파리에는 거리나 지하철역에 거지가 많잖아요. 근데 왜 그 여자에게 갔는지 모르겠어요. 여길 나가면서 분명히 기분이 아주 좋았는데.

마치 도와달라고 외치는 소리를 들은 것처럼. 절망한 여자들끼리의 교감 같은 거였을까요? 그 여자는 떨고 있었고, 침묵 속에서 고통스러워하는 것 같았어요. 오줌을 지리면서 혼자 외롭게. 아무도 그 여자에게 관심을 주지 않았어요. 악취를 풍기고 있었어요. 지독한 냄새였죠. 하지만 나는 자석에 끌리듯 다가갔어요. 그 여자가 손을 내밀었을 때 나는 그 손을 잡아줬어요. 아무 생각도 없었어요. 잡아주는 것이 당연하다고 생각했어요. 그 순간에는 그게 맞는 행동이었으니까. 내미는 손을 어떻게 거부할 수 있겠어요?"

"실비, 혼란스러운 건 당연해요. 말할 수 없이 비참한 상태로 죽음을 맞은 여자를 봤는데. 우리는 죽음을 감추고 터부시하는 사회에 살고 있어요. 그런데 그 불쌍한 여자가 당신의 눈앞에서 죽었으니. 하지만 당신이 오늘 저녁에 한 일은 굉장히 이타적인 행동이었어요. 당신은 무기력한 여자의 손을 잡아주고, 곁에 있어주는 것으로 더 인간적인 죽음을 선사해준 겁니다. 당신은 자신도 모르게 그녀가 임종하는 순간 동행해줌으로써 저승으로 떠나는 여행을 덜 비참하게 해준 거예요. 누구나 할 수 있는 일이 아니에요."

프랑크의 말소리가 들리지만 나는 듣지 않고 있다.

나는 거의 혼자 살아왔다. 그런데 오늘 저녁, 혼자 죽고 싶지 않다는 걸 깨닫는다. 나도 누군가 내 손을 잡아주는 사람이 있길 바란다. 지하철역 플랫폼이나 따뜻한 욕조 안이나 홀로 죽는 건 마찬가지다. 비참하고 고독한 건 마찬가지다. 나는 그러고 싶지 않다.

내 자살이 얼마나 암울한 건지 깨닫지 못했었다. 거품이 인 욕조에서 예쁜 수영복을 입고 죽는 연출을 해놓으면 보기 좋고 분위기도 있을 거라고 생각했다. 하지만 아니다.

그 여자와 내가 다른 점이 있다면 냄새다.

지린내는 아니지만 나한테선 지독한 고독의 냄새가 진동한다.

프랑크가 내 손을 잡으며 미소를 짓는다. 무심결에 내가 그에게 손을 내밀었나? 뭐지, 프랑크가 선수를 친 건가? 그 여자의 죽음 때문에 우리의 코드가 완전히 뒤바뀌었다.

"실비, 혼자 죽느냐, 아니냐는 오로지 당신에게 달려 있어요. 아무 관계도 없는 사이인데도 당신은 그 여자를 도와줬어요. 진짜 대단한 일을 한 거예요. 당신이 아니었다면 그 여자는 완전한 무관심 속에 죽었을 거예요. 동반자라고는 고통과 온몸에 뒤덮인 자신의 때밖에 없었겠죠. 당신은 좋은 사람이에요, 실비. 어떤 면에서 나는 당신이 죽은 거라고 생각해요."

"뭐라고요?"

"그러니까 내 말은, 몇 주일 전 나를 찾아왔을 때 당신은 정신적 고통이 큰 상태였죠. 하지만 그때의 실비는 더 이상 존재하지 않아요. 내 눈에는 이제 고통스러워하는 여자가 아니라 변화하고 있는 여자가 보여요. 당신이 생각하는 것보다 당신은 더 많이 근본적으로 달라졌어요. 상징적으로 당신이 죽었다고 할 수 있는데, 그게 당신이 살아 있다는 증거죠. 45년 동안 당신이었던 실비는 이제 존재하지 않아요. 이전의 당신은 죽고 거듭나고 있는 겁니다."

소리 없이 눈물이 흘러내린다. 프랑크가 하는 말이 내 가슴속에 울려 퍼지고 있지만 나는 정신이 하나도 없다. 나는 누구인가. 지친 여자. 나는 소파침대에 눕는다. 그 여자의 냄새가 내 옷에 배어 있음을 알아차린다. 내 피부에 들러붙은 죽음의 냄새라면 몰라도.

"고마워요, 프랑크. 조금만 자다 갈게요."

"택시를 부를게요."

"걱정 마요, 당신의 소파침대를 불법점거하지는 않을 거니까. 그냥 잠깐 눈만 붙일게요."

나는 나이도 이름도 모르는 피폐한 여자의 얼굴을 떠올린다. 언젠가 저세상에서 그 얼굴을 알아볼 수 있을까? 그 여자의 고난은 끝났다. 그녀는 거리에서 살다가 지하철역 플랫폼에서 죽었다. 하지만 나 덕분에 비참하게 죽지는 않았다.

오늘 저녁 나는 심리치료사를 잃었지만 친구를 얻은 것 같다.

나는 옷을 다 입은 상태로 내 침대에서 눈을 떴다. 어떻게 된 건지 전혀 기억이 없다. 블랙홀이다. 마치 코마 상태에서 깨어난 것처럼. 잠깐 죽었던 것 같다. 운명의 시간이 오기 전의 리허설처럼. 내가 유일하게 기억하는 건 따뜻하게 위로해주는 프랑크의 목소리다. 그가 나를 우리 집으로 데려왔을까? 그랬을 거다, 필시. 내 집, 내 침실에 있는 그가 상상이 되지 않는다. 모든 게 사실 같지 않고, 무례하고, 비현실적이다. 하지만 이내 지하철역의 여자에 대한 기억 때문에 현실로 돌아온다. 그걸 어떻게 잊어? 그 지독한 냄새를 어떻게 잊어? 자명종이 7시 반을 가리키고 있다. 나는 시계처럼 정확한 사람이다. 침대에서 벌떡 일어난다. 빨리 옷을 벗고 빨거나, 아니, 버려서 나의 뇌에 스며든 불결한 이미지들을 사라지게 해야 한다. 나는 욕실로 들어간다. 말끔히 씻어내야 한다. 나는 비누를 칠해 빡빡 문지른다. 하지만 마냥 늑장부릴 때가 아니다. 나는 서둘러서 출근 준비를 한다. 사람들을 만나서 말해야 한다. 프랑크의 말마따나 나는 살아 있다. 나는 프랑크를 생각하면서 미소 짓는 나 자신에게 놀란다.

　사무실에 도착하니 로라가 어시스턴트 동료들이자 줌바 댄스 친구들인 넬리, 코린과 어울려 한창 수다를 떨고 있었다. 금발 가발을 쓴 넬리와 다이어트 중인 땅딸보 코린.

　"커피 가져다 드릴까요?" 로라가 묻는다.

　"고마운데, 괜찮다면 자기들이랑 같이 마실게."

　세 여자는 마치 내가 상체에 음란한 낙서라도 한 것처럼 쳐다본다.

　"물론 괜찮죠." 로라가 바로 대답한다.

　"네, 기꺼이." 넬리가 마지못해 맞장구친다.

　의아해하는 시선들이 나를 따라온다. 어떻게 이 여자들을 탓할까? 몇 년 동안 나는 이들과 대화한 적이 없었다. 나는 대부분 내 방에 틀어박혀 있다가 이따금 화장실이나 복도에 출현하는 것으로 만족하는 4층의 유령이었다.

　"어제저녁 지하철역에서 이상한 일이 있었어."

　"어머! 테러 당했어요?" 코린이 너무 과장되게 묻는다.

　"그게 아니라 한 노숙자가 있었는데……."

　세 여자의 얼굴에 실망한 빛이 역력하다.

　"특종이군요!" 로라가 내 말을 자른다. "거리 곳곳을 노숙자들이 차지하고 있잖아요!"

"그렇지, 근데 그 여자 노숙자가 내 품에서 죽었어."

"뭐라고요?" 여자들이 합창으로 소리친다.

"정확하게는 내 품에서 죽은 게 아니라 내가 그 여자의 손을 잡아주고 있었지. 여자가 고통스러워하는 것 같아서 구급대원들이 오는 동안 노래를 불러줬는데 숨을 거뒀어."

"무슨 노래를 불러줬는데요?" 넬리가 농담조로 묻는다.

나는 넬리에게 따귀를 한 대 날리고 병아리 같은 노란 머리털을 뽑아버리고 싶다.

"글쎄. 제대로 된 노래가 아니라 그냥 흥얼거린 거라서. 그 여자를 달래주고 싶어서."

"아우, 소름끼쳐!" 코린이 혐오스럽다는 표정을 지으며 외친다.

"잠깐, 나는 혐오스럽다는 뜻에서 하는 말이 아냐. 언젠가 장 마르크가 지하철에 뛰어드는 남자를 봤다고 했잖아. 거의 두 시간 늦게 회사에 도착해서는 굉장히 화가 나서 말했지. 자살하고 싶으면 자기 집에서 하지, 왜 지하철역에서 그러는지 모르겠다고."

"혹시 모르니까 예방을 위해 백신 주사를 맞는 게 좋겠어요. 파상풍이나 다른 병에 걸릴 수도 있잖아요. 노숙자들이 어딜 돌아다녔는지 모르는데." 코린이 상황을 계속 악화시키고 있다. 나는 그녀의 명청한 말에 대한 백신 주사를 맞고 싶다.

로라가 나를 살핀다.

"그래서, 괜찮아요?"

"응, 괜찮아. 다행히 근처에 사는 친구가 있어서. 하지만 충격적이었지."

넬리와 코린이 나를 쳐다보고 있다. 이들은 뭔가 더 드라마틱한 결말을 기다리지만 나는 덧붙일 말이 전혀 없다. 이들의 얼굴에 커피를 확 끼얹고 싶다. 명청한 말에 과민한 극단적인 보수주의자처럼.

"그럼 난 이만 들어가서 일할게."

나는 나 자신을 저주하면서 방으로 들어간다. 도대체 뭘 기대한 거야? 메달? 나의 선행에 대한 예찬? 커피 머신을 중심으로 파도타기 응원? 그건 아니다. 하지만 그 여자에 대해 일말의 동정심이라도 있길 바랐다. 어제저녁에는 프랑크의 말이 위안이되었는데 오늘 이들의 무관심한 반응은 찬물 한 바가지를 뒤집어쓴 것 같다. 자주 만나 대화를 하지 않다 보니 이들이 얼마나 명청한지 잊고 있었다.

2분 후 로라가 내 방문을 노크한다.

"들어가도 될까요?"

"아…… 응."

"괜찮아요?"

"괜찮지, 그럼. 내가 죽은 것도 아닌데!"

"에릭 르원이 연락해도 되는지 나한테 물어봐서요. 아직도 중개자 역할을 해서 죄송하지만 에릭이 실비의 전화번호를 모르는 것 같은데 뭐라고 할까요?"

"그의 전화번호를 나한테 줘. 내가 연락할 테니까."

"오케이, 당장 드릴게요."

"고마워. 문 닫아주고."

로라는 뭔가를 사과하고 싶어 하는 눈치지만 정확하게 뭔지는 모르는 게 분명하다. 에릭에 대해서는 기쁘지 않을 수 없다. 그가 나를 다시 만나고 싶어 한다. 나는 만회할 권리가 있다. 나보다 그가 더 나를 생각하고 있는 게 확실하다. 아직은 이 소식을 어떻게 활용할지 모르겠다. 이 모든 일이 나에게는 아주 새롭다. 그래서 나는 일단 접어둔다.

잠시 후 오전 중에 나는 프랑크의 문자 메시지를 받았다. 내가 괜찮은지, 잘 잤는지, 어제의 격앙된 감정을 추슬렀는지 걱정한다. 나를 걱정해주는 사람들, 가슴이 뭉클하다. 내가 정말 존재하는 건가? 나는 얼른 프랑크를 안심시킨다.

> 고마워요, 프랑크. 네, 괜찮아요.
> 어제 거기 와준 거 고맙고,
> 나를 집에 데려다준 것도 고마워요.
> 출근해서 일하고 있어요!

그리고 ㅋㅋㅋㅋ? 아니, 그래도 'ㅋㅋㅋㅋ'은 아니다. 내가 얼마나 혼란스러운지 보여준 것으로 되었다. 더는 뭘 생각하고 뭐라고 쓸지 모르겠다. 어제저녁의 일은 비현실적이다. 악몽을 꾼 것처럼. 하지만 돌이켜봐도 확실한 건 내가 울었다는 거다. 내 인생은 'ㅋㅋㅋ'이 아니다. 하물며 최근의 사건들은 말할 것도 없다.

> 오늘 저녁에 시간 있는데
> 술 한잔 할까요?
> 아니면 내일 상담 후도 괜찮고요.
> 좋은 하루 보내요.

나는 메시지를 읽고 또 읽는다. 환각이 아니다. 나의 심리치료사, 아니 이제는 내 친구라고 말해도 되는 프랑크가 술 한 잔 하자는 제안이다. 이건 뭐지? 나를 꼬시는 건가? 머리 색깔과 잘 어울리고 눈동자 색을 두드러져 보이게 하는 파란색 후드재킷을 입고 나를 향해 뛰어오던 프랑크를 떠올린다. 잘생긴 프랑크가 나를 걱정해주고 관심을 보였다. 나를 품에 안아주고 따뜻한 손으로 내 손을 잡아주었다. 그리고 내 침실에서 무슨 일이 있었을까? 실비, 앞서가지 마. 프랑크는 네가 공포에 사로잡혀 있고 충격에 빠져 있기 때문에 상담실에서 300미터 떨어진 곳으로 달려왔던 것뿐이야. 구급대원이 나의 상태가 아주 나쁘다고 설명한 게 틀림없다. '빨리 오십시오, 여성분이 먹은 걸 다 토해내고 있는데 선로에 뛰어들게 생겼습니다.' 프랑크는 상담이 끝나자마자 내가 지하철에 뛰어들기 위해 달려간 거라고 생각한 게 틀림없다. 하지만 나는 그가 나를 걱정해주는 것에 주목한다. 그가 나를 생각하고 있다. 그는 나를 만나고 싶어 하고, 내가 괜찮은지 확인하고 싶어 한다. 그의 생각 속에 내가 있다. 그의 머릿속에 내가 존재하고 있다. 내가 불안과 연민을 불러일으키고 있는 거다. 나는 동정을 받는 게 아니다. 나는 존재한다.

오늘 저녁 오케이, 7시?

> 좋아요,
> 내 상담실에서 7시, 오늘 저녁.

생각해보니 프랑크의 손은 축축하다. 따뜻하고 부드러운 에릭의 손과는 달리. 에릭은 머리가 희끗희끗하지 않고 짧지도 않다. 스쿠터를 타고 다니고 우리는 성적으로 잘 맞는다. 프랑크의 그것을 볼 기회는 없었지만 에릭의 것은 아주 마음에 든다. 내 애인으로는 에릭이 어울릴 거다. 나는 당장 에릭에게 전화를 걸기로 한다. 로라가 재빠르게 보내준 전화번호를 당당하게 누른다. 첫 신호음이 들리는 순간 심장박동이 빨라지고 에릭이 전화를 받길 바라면서도 한편으로는 받을까 봐 두렵다. 그에게 무슨 말을 할지도 모르겠다. '안녕, 나의 나이아가라 폭포, 그 일 이후로 잘 지내나요?' 나는 응답기로 연결되는 것에 안도의 숨을 내쉰다. 그의 목소리를 들으며 나는 미소 짓는다.

"안녕하세요, 에릭 르쾡의 휴대폰입니다. 지금은 전화를 받을 수 없지만 연락처를 남겨주시면 곧 연락드리겠습니다. 삐이."

"안녕, 에릭. 실비, 실비 샤베르예요. 음⋯⋯. 로라한테 당신이 나를 만나고 싶어 한다는 말 전해 듣고 전화하는 거예요. 전화기에 떠 있는 게 내 번호예요. 조만간 만나요!"

나는 로라가 문 뒤에서 들었을 거라고 생각한다. 나는 전화하는 일이 거의 없기 때문에 내 목소리가 들렸을 게 틀림없다. 로라는 나의 애처로운 음성 메시지를 들으며 재미있어하고 있겠지. 쾌활한 어조로 말하고 싶었는데 목소리 때문에 망쳤다. 내 목소리가 마음에 든 적이 없다. 내 것은 마음에 든 적이 없다. 나는 어제저녁 그 불쌍한 여자를 위해 흥얼거리는 내 모습을 떠올린다. 코린의 말이 완전히 틀린 건 아니다. 나는 음정도 안 맞는 노래로 극심한 고통 속에 죽어가는 여자의 숨통을 끊어버렸다.

근데 그 여자는 지금 어디에 있을까? 구급대원들에게 어디로 데려가는지 물어보는 걸 잊었다. 사망 소식을 알릴 가족은 있나? 자식들은 있겠지? 그 여자는 어디에 묻힐까? 내가 어떻게 걱정하지 않을 수 있겠어? 나는 즉시 소방서에 전화한다. 어제저녁 지하철역에 출동한 기록이 분명히 남아 있을 테니까. 나는 교환원과 연결될 때까지 기다리면서 비송 서류를 힐끔 쳐다본다. 일이 손에 잡히지 않는다. 일을 할지 말지 갈등하기는 처음이다. 마침내 전화기 너머에서 목소리가 들린다.

"소방서입니다."

"안녕하세요, 어제저녁에 한 여자를 어디로 데려갔는지 알고 싶어서 전화했어요. 11구의 파르망티에 지하철역에 여성 노숙자가 쓰러져 있다고 신고한 사람인데요."

"몇 시에 신고하셨습니까, 부인? 신고 전화가 많아서요."

"네, 그렇겠죠. 저녁 7시 45분경, 그 여자가 내 품에서 죽었어요. 구급대원들이 도착해서 사망을 확인했고, 그들이 아주 친절하게 나를 위해 내 친구에게 전화를 걸어줬고요. 하지만 그 후 여자의 시신이 어떻게 됐는지 몰라서요. 그 여자의 시신을 어디에 매장하죠?"

"잠깐 기다리세요."

갑자기 나는 그 여자를 위해 뭐든 해주고 싶어진다. 나는 그 여자를 모른다. 솔직히 다른 상황이었다면 그 여자를 눈여겨보지도 않았을 거다. 그렇지만 그 여자와 밀접하게 연결되어 있는 느낌이다. 나는 그녀를 죽음의 문턱까지 배웅했고, 그 여자는 나를 생명의 문턱으로 배웅했다. 200미터 릴레이처럼 우리는 바통 터치를 했다. 그녀가 고이 잠들어 있는 동안 나는 계속 달릴 거다. 그리고 무엇보다 살아갈 거다.

"여보세요, 부인?"

"네?"

"생루이 병원 영안실로 이송되었습니다."

"가봐도 되나요?"

"네, 그곳으로 가시면 됩니다."

"고맙습니다."

"좋은 하루 보내세요, 부인!"

나는 전화를 끊고 생루이 병원으로 가기 위해 오늘은 업무를 접기로 한다. 그 여자의 장례는 내가 치러줄 거다. 요사이 장례가 내 전문이 되었으니 도움을 줄 수 있다. 나는 서둘러서 사무실을 나선다.

"로라, 병원에서 연락이 왔는데 절차상 서류를 작성해야 한다네. 누가 나 찾으면 병원에 갔다고 말해줘, 오케이?"

로라가 의아한 얼굴로 쳐다본다.

"어디 아파요?" 로라가 걱정스럽게 묻는다.

"아니, 어제저녁의 여자 때문에 증인으로 출석 요청을 받아서 가봐야 해."

"아, 그래요?"

"응, 그러니까 내 말 잘 들어. 이건 자기만 알고 넬리와 코린에겐 아무 말도 하지 마. 두 여자가 알면 마구 떠벌리고 다닐 테니까."

전에 없이 단호한 말투에 로라가 놀라는 것 같다. 나도 놀란다. 이렇게 감히 내 의견을 말하는 것이 얼마만이지? 나는 그 어느 때보다 서둘러 사무실을 나선다. 일단 밖으로 나가 나는 택시를 타기로 한다. 내 인생이 예상치 못한 모험을 즐기고 있다. 비록 영안실은 흥미진진한 행선지가 전혀 아니지만. 솔직히 아빠 때문에 병원이라면 끔찍한데, 누구를 위해 가는 거냐에 따라 기분이 달라지는 걸까? 나는 택시를 잡으려고 라파예트 거리의 거의 한복판에 서 있다. 러시아워인데 꽉 막혀 있지는 않다. 나는 여러 번 차에 치일 뻔했고, 성난 운전자로부터 욕을 먹는다. 하지만 나는 급한 마음을 가라앉힐 수가 없다. 나는 무슨 수를 써서라도 그 여자에게 가야 한다. 그 여자가 날 기다릴 시간은 충분하지만 그래도 내가 필요하다. 아니, 그녀가 필요한 건 나다. 마침내 택시가 와서 서준다.

"안녕하세요, 생루이 병원으로 가주세요."

"병원에는 손님이 실려 갈 뻔했어요. 그렇게 도로 한복판에 서 있다 차에 치이면 어쩌려고요?"

"급한 일이 있어서요."

"네, 그러시겠죠."

"영안실 앞에서 내려주세요."

택시기사가 백미러를 통해 호기심이 동한 시선으로 나를 힐끔 쳐다본다. 육중한 체격의 기사는 운전석을 꽉 채우고 앉았는데 물컹거리는 옆구리 살이 삐져나와 있다. 나는 이 남자에게서 새어 나오는 음험한 냄새를 안다. 이 남자도 병원을 끔찍이 싫어하는 게 틀림없다. 그렇지만 비만증이나 다름없는 과체중 때문에라도 검진을 받으러 다니는 것이 꼭 필요한 일일 텐데. 이 남자에게서는 건강한 냄새가 아니라 콜레스테롤 냄새가 난다. 11월 말에 더블엑스라지 사이즈 폴로셔츠를 입고도 땀을 흘리고 있다.

"창문 좀 열어도 될까요? 신선한 공기가 필요해서요."

"내 차 안에다 토하지는 않을 거죠?"

누가 그랬더라? 뚱뚱한 사람들이 서글서글하다고.

"네, 그냥 바깥 공기가 좀 필요해서 그래요."

백미러에 비친 그의 시선이 경계하는 빛으로 변한다. 차창을 여는 단순한 일이 자신의 철칙을 크게 어기는 일이라는 듯. 나는 그의 의심스러운 눈빛을 피하기 위해 휴대폰으로 검색을 한다. 병원이 그리 멀지 않아서 다행이다. 나는 참을 수 없는 악취에서 조금이라도 빨리 벗어나기 위해 택시 요금을 미리 준비한다. 어제부터 내 후각이 혹독한 시련에 시달리고 있다. 택시가 병원 영안실 입구에 서기가 무섭게 나는 문을 열고 나간다.

"조의를 표합니다!" 택시기사가 차창 밖으로 내뱉는다.

"고마워요!"

나는 건물로 들어간다. 안내원이 딱딱한 표정으로 영안실은 지하층에 있다고 알려준다. 아직은 내가 뭘 찾으러 왔는지 모른다. 그저 그 여자, 신원 미상의 노숙자에게 가까이 갈 필요가 있을 뿐이다. 엘리베이터에서 내리자마자 흰 가운을 입은 여성이 나를 맞는다. 죽은 여자를 찾아오는 사람이 많지 않은 게 틀림없다.

"무엇을 도와드릴까요?"

얼마나 아름다운 표현인가! 이런 곳에서. 친절하게 도움을 주겠다고 자청하는 이 직원은 눈이 강아지 같고, 퇴색한 금발은 금방 호감을 준다. 지쳐 보이는데도 기운 없기는커녕 정반대다.

"네, 고마워요. 어제저녁 영안실에 도착한 여자, 그러니까 지하철역에서 사망한 노숙자를 찾고 있는데요."

"아는 분이에요? 친척인가요?"

"아뇨, 마지막 순간에 그녀를 위해 내가 거기 있었어요."

여자의 마지막 순간을 생각하면 내 마지막 말이 아주 엄숙하게 울린다.

"아, 누구신지 알겠어요. 저기 있는데 신원 미상이라 누군지 알 수가 없었어요. 친척이 아니시라니 유감이네요. 신원을 확인할 수가 없으니."

직원이 안경 너머로 나를 관찰하고 있다. 갑자기, 그녀의 지친 표정이 이해가 된다. 이 사람은 슬퍼서 가슴이 먹먹한 거다. 사망자들, 찾아오는 유족들, 유족의 슬픔과 고통, 쓸쓸함을 맞다 보면 때때로 피로가 한꺼번에 몰려올 테지.

"볼 수 있을까요? 가능하다면 조문하고 싶은데요."

직원은 내 부탁을 기뻐하는 것 같다.

"따라오세요."

우리는 희미한 불빛 아래로 미로 같은 긴 복도를 지나 병원의 가장 깊숙한 곳으로 들어간다. 지상층에는 아직 살아 있는 자들이, 지하층에는 이미 죽은 자들이 있다. 내 발소리가 울려 퍼지는 사이 얼룩 하나 없이 반들거리는 리놀륨 바닥에 마찰되는 직원의 크록스 슬리퍼가 뽀드득거린다. 이윽고 그녀가 나를 어느 방으로 들어가게 한다. 병원이 아니었다면 시원한 대형 레스토랑이라고 해도 좋을 것 같다. 직원이 신상명세서에서 이름을 확인한다. 저 금속 문들 뒤에 차가운 시신들이 포개져 있다.

"실수하면 안 되니까요."

이 죽은 자들 사이에서 내가 감히 숨을 쉬어도 되는 걸까. 저 문들 뒤에 몇 명이 있을까? 생을 마감한 저들에게는 얼마나 많은 사연이 있을까?

"아마 알아보시지 못할 거예요. 곱게 화장해놨거든요. 여기로 실려 왔을 때 상태가 아주 안 좋아서요. 보시면 알겠지만 알아보기 힘들 거예요. 이분을 위해 뭘 해주실 생각인지 모르지만 옷가지는 모두 소각했어요. 새 옷을 가져다주는 사람이 없으면 병원에서 제공하는 옷을 입혀서 매장하는 수밖에 없어요."

직원이 냉동 서랍을 열고 알루미늄 들것을 잡아당긴다. 흰 시트 안의 시신이 줄어든 것처럼 작아 보인다. 겹겹이 입고 있던 냄새나는 옷에서 벗어난 어제의 노숙자는 마침내 인간의 모습을 하고 있다. 짐승의 가죽을 뒤집어쓰고 있던 미녀. 여자는 이제 힘없이 신음하는 이상한 동물이 아니다. 그렇다고 평온하다고 말할 수는 없지만. 여자는 이 비좁은 들것에 쪼그라져 있는 아무개다. 이 모습이 영원히 내 망막에 각인된다. 나는 이 여자를 잊지 않을 거다. 여자처럼 나도 얼어붙는다. 직원이 나의 혼란을 이해한다는 듯 말한다.

"사인 규명을 위해 신속하게 사체 부검을 실시했는데, 온몸에 암세포가 전이되어 있었어요."

"고통스러웠던 게 틀림없어요." 나는 공포에 질려 중얼거린다.

"그럼 조문하세요. 필요하시면 부르시고요. 멀리 가 있지 않을 겁니다. 천천히 하세요."

그렇게 말하고 직원은 뽀드득 소리를 내며 나간다. 빌어먹을 크록스 슬리퍼, 나는 모래사장에서나 신으면 딱 좋을 꼴 보기 싫은 신발이라고 생각한다.

나는 눈앞에 누워 있는 여자를 쳐다본다. 때를 벗겨낸 여자의 얼굴이 위압감을 준다. 눈을 뜨고 허공을 응시하고 있다. 자이언트 인형 같다. 이상하다. 내가 마지막으로 봤을 때 여자는 눈을 감고 있었다. 살아 있을 때, 아니 죽어가고 있을 때였다. 파란 눈빛과 튀어나온 광대뼈. 어제보다 더 젊어 보인다. 아마 동유럽 출신이거나 슬라브 계인 거 같다. 이 여자는 누구일까? 어쩌다 이지경이 됐을까? 24시간 전까지만 해도 서로 모르는 사이였지만 이제 우리는 아주 가까운 사이가 되었다. 어떤 의미에서는 이 추운 방에 누워 있는 게 나았을 수도 있다. 이 여자가 나라면……. 내 목구멍에 박힌 덩어리가 아주 서서히 올라온다. 눈물이 낙엽처럼 소리 없이 떨어진다. 이토록 작은 몸이 감내하기엔 너무 벅찬 고독이다. 나는 몸이 얼어붙는 것처럼 춥다. 이 여자도 추울게 틀림없다. 옷을 입혀야 한다. 나는 강아지 눈을 한 직원을 찾으러 나간다. 엘리베이터 부근에서 그녀를 발견한다.

"끝나셨어요?"

"네, 고마워요. 저렇게 깨끗한 모습의 여자를 보고 싶었어요."

"네, 우리는 모든 걸 잃은 사람들에게 존엄성을 조금이라도 찾아주려고 노력하고 있죠. 쉬운 일은 아니지만 성심을 다하고 있어요. 유가족을 위해서도 우리를 위해서도 중요한 일이죠. 날마다 시신을 대하고 있어도 민감할 수밖에 없어요."

나는 뭐라고 말할지 모르겠다. 우리는 전혀 무겁지 않은 침묵속에서 서로를 쳐다본다.

"이제 저 여자는 어떻게 되나요? 여기에 얼마나 있을까요?"

"엿새요, 자리가 있으면 좀 더 있을 수도 있고요. 아무도 찾아오는 사람이 없는 경우, 티에 공동묘지에 매장해요. 그곳에 저분처럼 무연고 변사체를 위한 자리가 있거든요."

"옷을 준비해서 다시 올게요."

"알겠어요. 내가 근무하는 날이 아닐지도 모르니까 동료에게 메시지를 남겨놓을게요."

"고마워요, 전부 다 고맙습니다."

엘리베이터 문이 다시 닫힌다. 영안실 직원의 일을 생각하고 있을 때 예고도 없이 내 배가 꼬르륵거린다. 배가 고프다. 내 배는 죽은 이들에게 경의를 표하지 않는다. 나는 병원 구내식당에 들러서 크로크무슈를 먹고 싶은 유혹에 빠진다. 물론 비위 상하게 하는 사람과 마주쳐서 식욕이 뚝 떨어지지 않는다면. 나는 경험상 알고 있다. 자리에 누워 있지 않아도 되는 환자들이 구내식당 쪽을 돌아다닌다는 걸. 병원에서는 어떻게든 기분 전환을 하는 것이 좋다. 입원해 있을 때 구내식당이나 신문 가판대에 간다는 것은 외출이나 영화관에 가는 거나 마찬가지다. 그 자체로 이벤트가 된다. 그리고 나는 주삿바늘 포비아다. 정맥으로 주입되는 링거만 봐도 속이 울렁거린다. 생을 마감할 즈음, 아버지 몸에는 주사 꽂을 데를 더는 찾을 수 없었다. 생기 잃은 주름진 살갗은 온통 피멍 자국이었다. 그 고통스러운 이미지는 식욕을 떨어뜨리기에 충분했다. 이따가 다른 데 가서 샌드위치를 사기로 한다. 나는 곧장 몽토르게이 거리로 향한다. 신원 미상의 여자에게 부드럽고 비싼 옷을 선물할 생각이다. 물론 그 여자보다는 나를 기쁘게 하는 거지만. 그래도 괜찮잖아? 나는 병원 앞 정류장에서 택시를 잡는다. 세단의 가죽 좌석에 편안히 앉는다. 바닐라향 합성물질 냄새가 코끝을 간질인다. 내가 티를 낸 모양이다. 젊고 세심한 택시기사는 내가 아무 말도 하고 싶어 하지 않는 걸 알아챈 것 같다. 라디오 소리가 너무 크지 않은지, 선호하는 경로나 정류장이 있는지 물어보고는 경건한 침묵을 선택했고, 이따금 깜박이 소리만이 정적을 깨뜨린다. 파리만큼이나 택시마다 분위기가 다른 것이 놀랍다. 내가 좋아하는 숍 앞에 이르자 마음이 한결 편안해진다. 나는 항구로 돌아오는 배처럼 이곳을 다시 찾았다. 판매원이 예쁜 치아를 드러내는 환한 미소로 나를 맞아준다. 한 번만 더 오면 우리는 아마 볼에 키스라도 할 판이다.

"안녕하세요, 잘 지내시죠?" 판매원이 묻는다.

"네, 아주 잘 지내요, 고마워요."

나는 활짝 웃는다. 마치 영안실에서 나를 기다리는 사람 같은 건 없다는 듯. 나는 이 판매원을 만나서 진짜로 행복하다. 이 여자가 추천해주는 것은 믿어도 된다.

"이 근처에서 일하세요?" 판매원이 스웨터들을 정리하면서 묻는다. 자주 오는 나에게 호기심이 동한 모양이다.

"아니에요. 이쪽으로 산책하는 걸 좋아하는데 이 숍에 예쁜 옷들이 있어서……."

"추천해드릴까요?"

"네, 이번에는 친구에게 선물할 건데 따뜻하고 부드러운 옷 한 벌과 캐시미어 머플러를 사려고요."

"친구 분의 사이즈는 어떻게 돼요?"

"아마 36일 거예요. 아주 말랐어요."

"예쁜 트위드 바지가 있는데요?"

"전적으로 믿으니까 골라줘요. 따뜻하고 부드러운 소재, 예쁘면서 편안한 옷이면 좋겠어요."

"정말 멋진 분이세요!"

나는 판매원과 함께 웃는다. 행복하다. 노숙자 여자에게 안락을 주고 존엄성을 찾아주면서 선행을 하는 것이 행복하다. 나는 판매원에게 말하지 않는다. 지금 그녀가 열심히 골라주는 옷이 관 속으로 들어가 매장될 시신에게 입혀지고, 끝내는 지렁이들에게 먹히기 위한 것이라는 걸. 역사 지구에 있는 이 근사한 숍에 죽은 사람을 위한 옷은 없다. 여기서는 여름, 가을, 겨울 컬렉션으로 시간이 흐르고, 시간은 기쁨과 우아함의 동의어일 뿐이다. 판매원이 아주 예쁜 쥐색 트위드 바지와 짙은 회색 캐시미어 스웨터, 아름다운 흰색 실크 블라우스를 보여준다.

"친구 분을 위해 가장 부드러운 것으로 골라봤어요. 마음에 안 들 경우를 대비해 교환권을 만들어드릴게요. 가격은 표시하지 않고요. 그게 있으면 우리 숍에 있는 옷들로 교환하실 수 있어요. 교환권에 숍 주소도 있고요."

당연한 말인데 괜히 마음에 걸린다.

"마음에 들 거라고 확신해요. 친구도 나처럼 과하게 멋 부리는 타입이 아니라서 좋아할 거예요, 고마워요."

"어쨌든 주저하지 마세요. 교환권 없이도 손님이 함께 오시면 교환해드릴게요. 다 합해서 567유로입니다."

나는 눈썹 하나 까딱 않고 신용카드를 내민다. 필요 이상의 과한 지출이다. 그 여자가 나에게 두 번째 삶의 기회를 준 것에 대한 감사의 선물이다. 그리고 일종의 작별 선물이다.

어느새 거의 오후 3시다. 간단하게 요기를 하고 기운을 차려서 내일 생루이 영안실에 갈 거다. 프랑크를 만나러 가기 전에 생각을 정리하고 싶다. 태양이 빛난다. 나는 하늘과 구름을 바라본다. 아름답다. 마음이 누그러진다. 더 자주 하늘을 봐야겠다. 가슴이 뭉클하고 행복에 젖은 나는 버스 정류장을 향해 걸어간다. 한가로이 거닐면서 내 주위의 사람들을 쳐다보고 싶다. 파리의 심장을 뛰게 하는, 이 모든 살아 있는 사람들을.

저녁 7시 정각, 나는 층계참에서 벨을 누른다. 내 삶이 풀려가는 걸 지켜본 층계참이다. 프랑크가 문을 활짝 열어준다. 그는 나를 보고 기뻐하고 감격하는 것 같다. 오늘 저녁 프랑크는 가면을 벗었다. 이제는 심리치료사가 아니라 나를 반겨주는 남자다. 그래서 내 눈에는 훨씬 더 매력적으로 보인다. 나는 완전히 흔들린다.

"안녕하세요, 프랑크."

"안녕, 실비, 어서 와요."

프랑크가 말을 편하게 한다. 이건 나를 소파침대에서 덮칠 여자로 대하겠다는 뜻인가? 내가 내 음울한 삶 구석구석을 돌이켜 보던 바로 그 소파침대에서. 나는 오늘 아침 무슨 팬티를 꺼내 입었는지 기억하려고 애쓴다. 너무 흉하거나 구멍 난 팬티가 아니면 좋겠는데.

나는 프랑크가 낮은 탁자에 아페리티프를 차려놓은 걸 보고 깜짝 놀란다. 화이트 와인과 푸른 올리브 절임이 다소곳이 나를 기다리고 있다. 평소에 나에게 주어진 건 물 한 잔과 크리넥스 한 통이 전부였는데, 코드가 깨졌다.

"여기서 한 잔 하는 게 더 나을 것 같아서. 그리고 오늘 저녁은 내가 말할 차례라서." 프랑크가 장난치듯 말한다. "우리 말 놓는 거 어때?"

"아, 네, 오케이, 그래요, 좋지, 뭐. 비록 이런 작은 위반이 우리를 어디로 몰아갈지 확실히 알 순 없지만. 이런 갑작스러운 친밀함, 좀 신경이 쓰이네."

"코트 이리 주고 편하게 앉아."

맙소사, 제발 구멍 난 팬티가 아니길!

프랑크는 워싱된 청바지에 일명 '나무꾼 스타일'의 붉은색 럼버 잭 셔츠를 입고 있다. 자유로운 패션이다. 게다가 섹시한 인텔리 인상을 주는 귀갑테 안경까지, 완벽하다. 나는 그가 나에게 환심을 사려고 한껏 멋을 부렸다는 게 믿기지 않는다. 프랑크 같은 남자에게 나 같은 여자는 많이 밑지는데. 마치 자기가 나에게 감정전이를 한 것처럼.

"어제저녁 이후로 기분은 어때?"

"상황을 생각하면 좋은 편이죠. ……나를 집에 바래다준 거 정말 고마워. 당신의 소파침대에서 그렇게 잠들어버리다니 당황스럽네."

"당연히 그럴 수 있지."

이 남자의 품에 안긴 내 모습을 상상하면서 나는 얼굴이 빨개진다. 이 남자의 가슴에 기댄 내 머리, 내 몸에 닿는 이 남자의 뜨거운 숨결. 내가 그 뜨거운 순간을 놓쳤다니.

"오랜만에 푹 잤어요. 그 일로 아주 녹초가 됐으니까. 그리고 그 여자를 보러 병원 영안실을 찾아갔지. 곱게 화장해놨더라고. 그…… 꾀죄죄한 옷, 아니, 옷을 걸치지 않은 그 여자의 모습을 보고 놀랐지. 뭐라고 말해야 될지 모르겠는데 얼굴빛이 한결 좋았다고 할까."

내 말이 어설프다는 거 잘 알지만 하루아침에 심리치료사에게 반말하는 것이 영 어색하다. 나는 아기처럼 서툴게 첫걸음을 뗀다. 그가 화이트 와인 한 잔을 내밀어서 나는 태연한 체하려고 와인에 입술을 적신다. 우리 지금 뭐하는 거지? 마치 친구, 아니 연인처럼 술잔을 기울이며 무슨 말을 하고 있는 거지? 요사이 모든 것이 너무 빨라서 더는 아무 생각도 할 수가 없다.

"당신이니까 그럴 수 있었던 거야. 당신이 더 존경스러워. 동료 심리치료사의 연락처를 줄 테니까 만나봐. 당신에 대해 이미 얘기해놨어. 나는 다 예상하고 있었으니까."

나는 코토 뒤 레용을 한 모금 마시면서 미소 짓는다. 그러고는 혼란스러운 마음을 감추기 위해 와인 병의 라벨을 쳐다본다. 혹시 내가 품에 안겨 잠든 사이 이 남자가 내게 키스를 했을까?

"실비, 분명히 해둘 게 있어. 오늘 내가 당신을 오라고 한 건 당신을 유혹하기 위해서가 아니야. 그러니까 무엇보다도 내가 부적절한 행동을 할 거란 상상은 하지 않았으면 좋겠어. 당신에게 말하고 싶은 게 있어. 극소수의 사람만 알고 있는, 나라는 사람에 대해서."

나는 민망함을 감추기 위해 바보같이 웃는다. 실망한 표정보다는 바보 같은 표정을 짓는 게 더 낫다. 나는 실망했으니까.

"오늘 저녁은 내가 털어놓을 차례야. 어제저녁에 일어난 일로 나도 충격을 받았어. 그 때문에 더는 당신을 상담해줄 수 없지만 설명은 해야 할 것 같아서."

나는 입도 뻥긋하지 않는다. 나는 심리치료사가 하겠다는 말을 기다린다. 좋은 가르침을 받았는데.

"어제저녁 당신에게 일어난 일과 특히 당신의 행동 때문에 몹시 충격을 받았어. 당신이 알아야 할 게 있어. 내 아버지가 노숙자라는 사실, 정확히는 노숙자였지."

나는 말문이 막힌다. 제대로 알아들은 건지 확인하기 위해 프랑크의 말을 속으로 되뇐다. 정서적으로 안정되고 자신만만하고 매력적이고 침착한 심리치료사가 어떻게 무기력하게 판지를 깔고 사는 노숙자의 아들일 수 있지? 올리브 한 알을 입에 넣었던 나는 씨를 삼킬까 봐 두려워서 슬그머니 도로 뱉는다. 나는 잠자코 프랑크를 쳐다본다. 여기에 또 무슨 말을 더 하려고?

"내가 지금 하려는 말은 결코 자랑스러운 일이 못 돼. 특히 롤 모델을 찾는 청소년 앞에서는. 나는 아버지를 부끄러워하면서 자랐어. 내 인생의 괴로운 일부분인데 당신과 공유하니까 속이 시원하네. 당신이 그 여자를 위해 해준 일, 나는 내 아버지를 위해 그런 일을 해주지 못했어. 아버지와 나의 관계는 아주 복잡했지. 아버지는 정신의학적으로 아픈 사람이었어. 내가 어렸을 때 집을 나가서 가족과 연락을 끊어버린 아버지. 그 비밀을 가슴에 품고 자라는 건 아주 힘든 일이었지. 아버지의 가출, 그건 입 밖에 낼 수 없는 금기어였으니까. 나는 아주 외로웠어, 아주 자주."

내 눈이 젖는다. 프랑크의 고백에 나는 혼란스럽다. 그것도 이렇게 불시에 이런 말을 들을 줄은 예상하지 못했으니까. 이런 사연에도 불구하고 프랑크의 평온함에 나는 적잖이 놀란다. 나는 헛기침을 하고 꺼내기 힘든 말을 한다.

"돌아가신 지 오래됐어?"

"10년. 내가 아는 바에 따르면 아버지는 사망한 지 며칠이 지나서야 발견되었어. 내 아버지는 노숙자들이 대개 그렇듯 알코올중독자였고 거리에서 사망했지. 정확히는 지하철역 입구에서, 폐인처럼."

나는 이 정보를 분석해보며 프랑크가 살면서 느꼈을 게 틀림없는 내면의 상처 속으로 뛰어든다. 상상도 할 수 없다. 가족사 때문에 프랑크가 훨씬 감동적이고 매력적으로 보인다.

"내 인생에서 그 부분을 감춰왔고 다 떨쳐냈다고 생각했는데 어제저녁 그 모든 게 수면으로 올라왔지. 아버지도 당신 같은 사람을 만났더라면 좋았을 텐데. 이 말을 당신에게 하고 싶었어."

드디어 프랑크가 일어나서 나를 품에 안는다. 나를 아주 열렬하게 끌어안는다. 잠시 나는 생각한다. 이 남자가 메가톤급 키스를 하면서 해비타트 소파침대에서 나를 덮칠 거라고. 이런 고백의 결말을 짓는 데는 그게 좋은 방법일 테니까. 하지만 아니었다.

이 남자도 그걸 느낀 게 틀림없다. 우리가 다시 의자에 앉는 순간 나는 약간 민망하다.

"프랑크, 뭐라고 해야 할지 모르겠어. 그런 아픔이 있는데도 어떻게 온종일 환자들의 슬픈 사연을 들어줄 수 있는지 모르겠어. 나는 말할 것도 없고. 내가 해줄 수 있는 말은 당신이 겪은 일은 무엇과도 비교할 수 없다는 거야. 늙은 외동딸의 사소한 문제를 갖고 자살이니 뭐니 궁상을 떤 내가 너무 부끄러워."

"실비, 불행에 크고 작은 건 없어. 불행한 사람들은 각자 나름의 이유가 있는 거니까. 나의 아픈 개인사를 버팀목처럼 의지하고 살았어. 그래서 내가 선택한 것은 행복해지고 스스로를 책임지는 거였는데…… 당신 덕분에 창피한 줄도 모르고 마음의 장벽을 세워놓고 있었다는 걸 깨달았어. 나는 노숙자의 아들일 뿐만 아니라 동성애자야. 거의 15년 동안 남자와 연애 중이고. 나는 어쩌다 보니 심리치료사가 된 게 아니야. 자신의 길을 잃은 사람들에게 올바른 길을 찾을 수 있게 도와주는 것에 만족하면서 이따금 진정한 충만감을 느낄 때도 있거든. 어쨌든 나는 그렇게 내 직업에 접근하고 있어."

프랑크는 게이다. 늘 흐트러짐 없이 반들반들한 머리에서 알아차렸어야 했는데. 멍청하기는. 내가 이 정도로 순진할 수 있다니.

"그렇게 말해줘서 고마워. 많이 혼란스러웠는데. 길을 잃었지만 앞으로 나아갈 방향으로 들어선 느낌이야. 어제 상담을 끝낸 뒤 죽을 준비가 되었다고 느꼈는데 그 여자와 마주쳤지. 마치 그 여자가 헤드라이트 신호를 보내준 것처럼. 내게 경고해준 것 같아. 고독은 못나고 더럽고 슬프고 지독한 냄새가 나서 아무도 보고 싶어 하지 않는 거라고. 진짜 전기 충격을 받은 것 같았어. 그 전기 충격이 내 심장을 다시 뛰게 했지. 그 여자가 나를 살고 싶게 만들었어. 그리고 오늘 저녁은 당신이 아버지가 거리에서 돌아가셨다고, 마치 우리가 친구인 것처럼 믿기지 않는 비밀을 나에게 털어놨어."

"이제 우리는 친구가 된 거 아닌가?"

그렇게 쳐다보지 마, 게이든 아니든 내가 먼저 덮치고 싶어지니까.

"당신의 파트너 이름은?"

"에르베. 당신도 아주 마음에 들 거야." 프랑크는 이제껏 본 적이 없는 미소를 지으며 말한다.

프랑크가 냉정함을 유지하면서 아무런 내색도 하지 않은 것은 그만한 이유가 있었던 거다. 이 남자는 지지자로서, 아니 오히려 내 가련한 영혼의 거울로서 자기 자신을 나에게 선사했다. 똑똑하고 감수성이 예민하고 감동적이고 사랑스럽고 관대한 남자. 나는 심리치료사로서 이 남자를 사랑했는데 이제는 친구로서도 사랑한다.

나는 문득 깨닫는다. 이제는 모든 게 이전과 다르다는 걸. 프랑크의 말이 맞다. 실비 샤베르는 죽었다. 실비 샤베르는 지금 영안실에 있다. 오늘은 그녀를 위한 옷을 샀고, 내일은 그녀의 장례를 치러줄 거다. 아직은 내가 누군지 정확히 모르지만 이제 내 주위에는 사람들이 있다. 나는 이제 프랑크에게 심리치료 상담을 받는 자살할 우려가 있는 환자가 아니라 그의 속내 이야기를 들어주는 친구다. 나는 친구들이 있고 욕망이 있고 심지어 연인도 있다. 솟아오르는 샴페인 기포처럼 눈물이 차오른다. 청혼이나 친구 요청보다 훨씬 낫다. 내가 처음으로 행복해서 흘리는 눈물이다.

"괜찮아? 미안해, 당신을 심란하게 만들려는 건 아니었는데."

프랑크가 근육질 팔로 나를 다시 끌어안는다. 에르베를 모르지만 그 남자는 행운아다.

"그거 알아?" 나는 어린애처럼 훌쩍이면서 말한다. "나 춤추러 가고 싶어, 술도 마시고 싶고!"

예전의 실비 샤베르라면 절대 하지 못했을 말이다. 프랑크가 놀라면서 대견해하는 얼굴로 나를 쳐다본다.

"다시 태어난 당신을 축하하러 나가자!"

우리는 술잔을 단숨에 비운다. 프랑크는 에르베에게 문자 메시지를 보낸 다음 전등을 끄고 상담실의 문을 잠갔다. 우리는 팔짱을 낀 채 로자 보뇌르 바를 향해 출발한다. 나는 들어본 적도 없는 곳이지만 프랑크의 단골 술집인 모양이다. 나는 프랑크 같은 신사와 친구인 게 뿌듯하다. 배가 고프고, 좀 어지럽지만 기분은 최상이다. 이번에 나를 취하게 만드는 건 알코올이 아니라 인생이다. 나는 다음 일에 대해서는 어떤 걱정도 하지 않는다. 나는 프랑크를 믿는다. 이 시간에는 지하철 안에 직장인들보다 흥청거리는 사람들과 들떠서 떠들어대는 관광객이 더 많다. 한껏 멋을 낸 젊은 여자들이 섹시한 스타킹으로 각선미를 드러내고 있다. 육감적인 입술로 재잘거리고 웃고 노래까지 흥얼거리는 이들도 있다. 이게 사는 거다. 마치 전날 여기서 죽은 사람은 없었다는 듯. 나는 나의 겨울 저녁 시간을 생각한다. 팩에 담긴 수프를 전자레인지에 데워 먹고, 요구르트를 빠르게 먹고 침대에 눕는다. 무거운 정적. 수면제를 먹고 잠을 청하는 내 모습. 나는 주위를 둘러보면서 떠들어대는 사람들에게 감탄한다. 내가 행복한 나라에 관광 온 사람처럼 느껴진다. 프랑크가 나에게 재미있어

하는 눈길을 던진다. 나는 순순히 프랑크를 따라간다. 지하철역을 나가는데 에르베한테서 전화가 걸려온다.

"금방 가! 마실 거 좀 시켜놔."

"샴페인!" 나는 행복에 들떠서 소리친다. 마치 오래전부터 그들과 친구인 것처럼.

뷔트 쇼몽 공원은 어둠에 잠겨 있다. 엷게 드리워진 습기가 우리를 에워싼다. 나는 추워서 이를 딱딱 부딪치며 웃는다. 프랑크와 함께 있는 것이 즐겁다. 그것도 이렇게 예기치 않게. 프랑크가 근육질의 단단한 팔을 내어준다. 덕분에 나는 거의 공주가 된 것 같다.

"거의 다 왔어, 에르베를 보면 호감이 갈 거야!"

멀지 않은 곳의 건물에서 빨간빛과 오렌지빛 네온사인이 번쩍인다. 숲속의 오두막 같다. 행복한 안식처라는 의미에서. 가로등 아래서 대화를 하거나 포옹하는 커플들. 웃음소리, 어둠 속에서 반짝이는 담뱃불이 흡사 반딧불이 같다. 나는 새로운 세계, 우정의 세계를 발견한다. 디스코 음악 소리가 바깥에서도 들린다. 안으로 들어가니 귀청이 떨어져나갈 것 같다. 이렇게 데시벨이 큰 소리에 익숙하지 않은 나는 눈이 동그래져서 본능적으로 귀를 두 손으로 막는다. 나는 왁자지껄한 분위기에 휩쓸린다. 로자 보뇌르 바는 사람들로 터져나갈 듯 꽉 차 있다. 춤추고 몸을 비벼대고, 노래 부르고, 웃고 떠들고, 키스하고 애무하고, 술 마시고, 건배하는 사람들. 프랑크가 인사하자 몇몇 사람이 와서 뺨에 입을 맞춘다. 대부분 남자다. 입에다 키스하는 이들도 있다. 나는 프랑크의 영역에 들어와 있다. 여긴 사랑에 국경이 없는 세상이다. 40대의 갈색 머리 남자가 샴페인 한 병을 들고 건들거리며 우리에게 다가온다. 남자가 프랑크를 포옹하면서 입술에 키스한다. 나는 뒷걸음친다. 막상 눈앞에서 이런 애정 행각을 보니 어색하다. 몇 시간 전만 해도 프랑크는 나에게 지성과 이성의 화신이었다. 나는 프랑크에 대해 아는 것이 전혀 없었다. 지식인으로 보였다. 프랑크는 나에 대한 모든 걸 알고 있는데 나는 그에 대해 전혀 모른다. 오늘 저녁 나는 사랑하고 사랑받는 한 남자를 발견한다. 혼란스럽다.

"에르베, 실비를 소개할게. 실비, 여긴 에르베."

프랑크가 자랑스러워하면서 사랑이 넘치는 얼굴로 에르베를 쳐다본다. 그를 만나 행복해하는 것이 역력하다. 에르베는 치장에 신경을 쓴 모습이다. 운동으로 다져진 것처럼 잘 빠진 몸매를 강조하는 멋진 남색 셔츠 차림. 매력적인 갈색 곱슬머리는 자연스럽게 헝클어져 있다. 게이라기엔 놀라울 정도로 남성적이고 근사하다. 어쨌든 내가 상상한 모습이다.

"반가워요, 실비, 잠깐만 움직이지 마요!"

에르베가 나의 양쪽 귀 뒤에다 샴페인을 뿌린다. 꿈에도 생각 못한 샴페인 세례. 기분 좋은 자극에 나는 달아오른다.

"행운을 가져다주죠." 에르베가 와자지껄한 소음을 뚫고 소리친다.

나는 웃으면서 에르베의 손에서 술병을 빼앗아 병째로 마신다. 그들이 내 행동을 유쾌하게 받아준다.

"자, 그럼 이제 춤출까!"

그들이 몸을 흔들다 서로 얼싸안는다. 프랑크는 오늘 저녁 내적인 면과 신나게 즐기는 면을 다 보여주고 있다. 주위 사람들을 보면서 나는 행복을 느낀다. 이 열렬한 무리 속에 끼어 있는 것이 기분 좋다. 여기서는 아무도 평가받지 않는다. 모두 호의적이다. 나는 베로니크를 생각한다. 이곳에 꼭 데려오고 싶다. 그녀가 있을 자리는 여기다. 그리고 에릭을 생각한다. 에릭이 지금 내 옆에 있어서 나를 끌어안고 같이 춤추고 감동을 주면 좋겠다. 비록 나는 몸치지만. 샴페인 때문에 긴장이 풀린 나는 에릭에게 문자 메시지를 보낸다.

언제 볼까요?

답장이 바로 날아온다.

내일 저녁?

나는 이렇게 답장을 보내고 싶었다. '지금은 왜 안 되는데?' 하지만 보이지 않는 손이 나를 붙잡는다. 나는 이 순간을 만끽하고 싶다. 파리의 어디에선가 한 남자가 나를 생각하면서 다시 만나고 싶어 한다. 나, 실비 샤베르를. 키가 크고 구부정한 갈색 머리 여자를.

내일 저녁, 좋아요!

그리고 나는 샴페인을 한 모금 마신다. 행복감이 밀려오는 사이 나는 생루이 병원의 차가운 방에서 나를 기다리는 여자를 생각한다. 나는 머릿속의 여자와 건배를 한다. 그 여자에게 고맙다. 그 여자 덕분에 나는 여기 따뜻한 곳, 로자 보뇌르 바에서 유쾌한 사람들과 어울리고 있다. 그 여자 덕분에 나는 살아 있고,

은둔처에서 밖으로 나오는 길을 찾았다. 내가 몰랐던 살고 싶은 욕망에 사로잡혀 있다. 나는 베이스 리듬에 맞춰 심장이 뛰는 걸 느낀다. 나는 말할 수 있다. 오늘 저녁 내 자리는 행복한 무리 속이라고.

　나는 전날 샴페인 한 병과 칵테일 두 잔, 아니 세 잔을 마신 사람치고는 놀랍게도 맑은 정신으로 아침에 일어났다. 이어서 내가 모르고 있던 단호함으로 옷을 갈아입었다. 그리고 조금 늦게 출근한다고 알리기 위해 로라에게 전화를 건다.

　"로라, 실비야. 지금 가는 중인데 피에르에게 내가 도착하는 대로 무조건 만나야 한다고 전해줘. 급한 일이라고."

　"오케이, 심각한 일이 있는 건 아니죠?"

　"아니, 전혀. 급한 일이라고 꼭 말해."

　피에르는 분명히 평상시와는 다른 요청에 놀랄 거다. 나는 그에게 요청하는 일이 전혀 없다. 우리는 좀처럼 대화하지 않는다. 연말 평가를 할 때마다 그는 늘 내 업무 성과에 만족한다고 말했고, 우리는 그것으로 충분했다. 피에르는 좋은 경영자고, 간섭하지 않고 아이들의 성장을 먼발치서 바라보는 아버지다. 그는 나처럼 전혀 사생활이 없고 업무에 몸과 마음을 다 바치는 직원을 높이 평가한다. 내 말을 들으면 피에르는 깜짝 놀랄 거다.

회사에 도착하자 로라가 호기심이 가득한 얼굴로 나를 맞는다. 그녀는 요즘 내가 무슨 생각을 하는지 궁금한 게 틀림없다. 요즘처럼 내가 남의 시선을 끈 적은 없었다. 넬리와 코린은 여전히 커피 머신 앞에서 수다를 떨고 있다. 나는 로라 앞을 바람처럼 지나가면서 말한다.

"안녕, 로라, 피에르가 나 기다리고 있지?"

"아, 네, 실비가 만나고 싶어 한다고 말씀드렸더니 언제든 원하는 때 들어오라고 했어요. 커피 드려요?"

"아니, 괜찮아." 나는 단호한 걸음으로 피에르의 사무실로 향한다.

나는 미소를 지으면서 노크한다. 내게서 눈을 떼지 않고 있는 로라의 시선은 피할 수 없다. 잠시 후 나는 그녀의 화젯거리가 될 거다.

"들어와요!"

나는 문을 연다.

"실비, 안녕, 괜찮죠? 나를 만나겠다고 했다고 로라한테 들었어요."

"네, 안녕하세요, 피에르."

나는 피에르가 앉으라고 할 때까지 기다리지 않고 곧장 자리에 앉는다. 피에르가 돌변한 나의 태도에 약간 당황하는 걸 느낀다. 갑자기 솟아나는 생명의 도약. 나는 수동적에서 능동적으로 바뀌었다.

"그래요, 앉아야죠. 어떻게 지내요? 안부를 물어볼 시간이 없었네요, 미안해요. 내가 직접 물어봤어야 했는데. 아버님이 돌아가셔서 상심이 크다는 거 알아요. 아버님과는 각별한 사이였죠?"

피에르는 법적으로 악덕 경영주는 아니다. 오히려 다정한 편이다. 포동포동한 몸집은 호감을 준다. 나는 오늘에서야 피에르에게서 제2의 아버지를 본다. 나는 그의 마음에 들기 위해 가능한 한 가혹하게 일해야 했다.

"고마워요, 피에르. 하지만 그거 때문이 아니라 사직한다는 말을 하려고 왔어요. 이달 말로 회사를 그만두겠어요."

피에르는 다정한 이미지를 잃었다. 볼이 떨리고 눈살을 찌푸린다. 사직한다는 말에 허를 찔린 게 역력하다.

"무슨 일 있어요, 실비? 이해가 안 되는데."

"아뇨, 아무 일 없어요. 아니, 많은 일이 일어나고 있죠. 그래서 사표를 내는 거예요. 규정에 맞게 며칠 이내에 등기우편으로 사직서를 보낼 수도 있지만 직접 만나서 말하는 게 더 예의 있는 거라고 생각했어요."

피에르가 이해할 수 없다는 얼굴로 나를 쳐다본다. 그는 안경을 벗고 눈꺼풀을 비비고 나서 다시 안경을 쓴다. 나는 여전히 흔들림이 없고 단호하다. 나는 미소를 지어 보이면서 그를 빤히 쳐다본다.

"왜 그래요? 무슨 걱정 있어요? 당신은 잘 이겨낼 수 있잖아요. 난 당신을 이해하니까 병가를 내도 되는데. 아버님이 돌아가셨으니 이해할 수 있어요. 마음을 추스르는 데 시간이 필요한 건 당연해요."

비록 늦은 배려이긴 해도 며칠 전이었다면 나는 감동받았을 것이다. 하지만 오늘 나는 피에르의 이해 따위에 관심이 없다.

"나는 괜찮아요, 피에르. 아무튼 고마워요. 아직은 병이 난 것도 아닌데. 지금은 건강 상태가 아주 좋거든요! 나에게 필요한 건 병가가 아니라 휴직이에요. 자유를 찾으려는 거예요. 지난 몇 년 동안 일을 많이 했으니까 살기 위해서는 나를 위한 시간이 필요해요."

"이해해요, 실비, 당연합니다. 하지만 바캉스를 떠날 예정이면 돌아와서 조용히 다시 얘기하는 게 어때요? 괜찮다면 한 달쯤 휴가를 내도 되는데. 나는 등기우편보다 엽서를 받고 싶으니까! 그

동안은 우리끼리 잘해볼게요. 좋은 제안인 것 같은데, 어때요?"

그의 미소가 일그러지고 짙은 눈썹이 찌푸려진다.

"그거 알아요, 피에르? 당신 말대로 내가 없어도 회사는 잘 굴러갈 거예요. 오늘 당장 사표 낼게요. 내 도움을 기다리는 친구가 있는데 할 일이 너무 많아서요. 40년 인생을 만회하려면 단 1분도 허비할 시간이 없어요! 안녕히 계세요, 사업 번창하시길!"

나는 그의 간청을 모른 체하고 일어선다. 옳은 결정을 내린 것이 행복하다. 피에르는 이해할 겨를이 없었다. 내가 아예 기회를 주지 않았으니까. 새로 태어난 실비는 그림자보다 빨리 움직인다. 피에르의 사무실을 나오면서 나는 로라 앞에서 멈춰 선다. 로라의 당황한 눈빛에서 그녀가 이미 닫힌 방문 너머에서 일어난 일을 눈치챘음을 읽는다. 나는 좋은 소식을 알린다.

"나 떠나, 로라. 회사 그만둔다고."

그녀도 놀란 것 같다. 5년 동안 나의 어시스턴트였고, 우리는 얼굴 붉히는 일 없이 잘 지냈다. 그런데 내가 느닷없이 다이너마이트를 터뜨렸다. 하다못해 처우 개선 같은 요구 사항도 없이 습격을 했으니.

"무슨 일이에요?" 로라가 창백한 얼굴로 묻는다.

"아무 일 없으니까 걱정 마. 심각한 일은커녕 오히려 그 반대니까. 그동안 고마웠어, 로라. 특히 최근에 자기가 조언해준 것과 비밀을 지켜준 거 고마워."

로라가 도화선에 불을 붙였다고 자책하는 게 보인다.

"걱정 마, 로라와는 아무 상관없으니까. 자기는 친절했고 나에게 용기를 북돋아주기만 했잖아. 그냥 변화가 필요해서 그래."

나는 로라를 안심시키기 위해 미소를 지어 보이면서 다 괜찮을 거라고 말한다. 하지만 내가 미소를 지어 보일수록 그녀는 점점 더 당혹스러워한다. 그녀는 정신과에 SOS 요청을 하기 직전이다.

"행운이 있길 바랄게요." 로라는 무슨 말을 할지 몰라서 어물어물 말한다.

"고마워, 로라, 일 열심히 해."

나는 홀가분하고 행복한 마음으로 사무실을 떠난다. 내가 엘리베이터 안에서 로라에게 손을 흔드는 사이 문이 닫힌다. 로라는 여전히 믿기지 않는 얼굴로 나를 쳐다보고 있었다. 나는 혼자 있게 되자 킥킥 웃는다. 그리고 빠르게 계산한다. 아파트는 내 소유고, 상속권으로 30만 유로에서 50만 유로는 손에 쥘 수 있을 거다. 앞으로 몇 달 동안 내 인생에 대해 생각을 정리할 거다. 지금은 일단 집에 들러서 어제 사놓은 옷을 갖고 생루이 병원의 영안실로 가야 한다. 하지만 먼저 베로니크에게 전화를 건다.

"베로니크? 나야."

"실비? 네 목소리 못 알아들을 뻔했어."

"오늘 뭐해?"

"특별한 일 없어. 소프롤로지 요법• 강의 듣고 와서 블라키 데리고 산책할 생각인데, 왜?"

"우리 만나야 해. 너에게 소개하고 싶은 사람이 있어서."

"누군데? 남자?" 베로니크가 불안한 목소리로 묻는다.

나는 속으로 미소 짓는다. 사연을 들으면 수긍하기 어려울 거다.

"아니, 여자."

"여자? 왜 나한테 여자를 소개해줘?"

"한 시간 후 생루이 병원 앞에서 만나자, 오케이? 병원 본관 앞이 아니라 뒤쪽 건물 앞에서."

"뭐가 그렇게 복잡해. 너 사무실에서 일하는 시간이잖아?"

"아니야, 오면 설명해줄게."

"지금? 블라키 데리고 산책 나갈 시간인데."

"응, 지금 와, 블라키는 나중에 데리고 나가도 되잖아!"

• 정신과 육체의 훈련을 통해 심신을 안정시키는 일종의 심리 요법.

오랜만에 처음으로 내가 시간을 뒤쫓는 느낌이다. 전에는 시간을 보면서 마지못해 기지개를 켰는데. 나는 열차가 들어오는 걸 보면서도 우두커니 서 있다 놓치기 일쑤였다. 오늘은 재빨리 열차에 뛰어올랐고 열차는 전속력으로 달린다. 나는 집에 도착하기가 무섭게 콤투아 데 코토니에 쇼핑백을 들고 병원으로 향한다. 가면서 오늘 아침부터 일어난 사건들을 생각한다. 회사를 그만두는 건 생각보다 훨씬 쉬웠다. 눈물도 송별 파티도 없는 작별. 내 삶의 전부였던 회사에서 일한 15년을 털어내는 데 단 몇 분으로 충분하다니. 버거운 삶이었다. 하지만 진정한 삶이 아주 가까이에서 나에게 두 팔을 내밀고 있다. 지금까지 나는 나프탈

렌 속에 갇혀 있었다. 나는 먼지를 붙잡고 있다가 손잡이를 부수고 나왔다. 나는 숨을 들이마시고 달리고 날아간다. 그래, 훨훨 날아간다. 생루이 병원에 도착했다. 나는 초조한 마음으로 베로니크가 오는지 살핀다. 바람맞지 않길 바란다. 베로니크는 습관이 깨지는 걸 좋아하지 않는다. 그녀에게도 그녀만의 일상이 있다. 무섭게 생긴 스코티시 테리어종 블라키를 데리고 공원을 산책하는 것도 그녀의 일상이다. 베로니크는 몇 년째 블라키의 턱이 튀어나와 있다는 걸 모른 체하고 있다. 나는 조용히 오가는 흰 가운들을 관찰한다. 마침내 택시에서 힘겹게 내리는 베로니크가 보인다. 그녀가 택시 요금을 계산하는 사이 나는 손을 흔든다. 왜 여기로 오라고 했는지 몹시 궁금해하는 것이 역력한 얼굴이다. 나는 다가가서 그녀의 뺨에 입을 맞춘다.

"와줘서 고마워."

"라뒤레에서 만나자고 했으면 더 좋았겠지만, 뭐, 할 수 없지. 이제 무슨 일인지 말해줘야지?"

"가자."

"어디 가는데? 병원에서 우리가 무슨 할 일이 있다고?"

나는 베로니크의 팔을 잡아끌어서 엘리베이터를 타고 지하층으로 내려간다. 약간 골이 난 베로니크는 짜증나고 겁먹은 얼굴이다.

"보통 병실은 위층에 있어. 네가 여기서 기다리겠다고 하니까 오긴 왔는데 내가 얼마나 병원을 싫어하는지 알잖아."

"영안실에 가는 거야."

베로니크가 질겁해서 나를 쳐다본다.

"이건 또 무슨 소리야? 너 요즘 진짜 이상하다."

"이상한 건 내가 아니라 인생이야."

나에게는 이미 낯설지 않은 희미한 불빛 속의 복도로 베로니크를 이끈다. 가는 도중에 강아지 눈을 한 직원과 마주친다. 나는 그녀에게 말 그대로 달려든다.

"안녕하세요, 친구 데리고 다시 왔어요. 조문해도 될까요? 그 여자를 위한 옷을 가져왔는데요."

"물론이죠. 오세요, 안내해드릴게요. 낮에는 혼잡하거든요."

베로니크는 완전히 어리벙벙해 있는 것 같다. 하지만 영안실이 가까워지자 다소곳해진다. 나는 주사를 무서워하는 아이를 달래듯―병에 걸리지 않게 미리 예방하는 주사라면서―그녀를 안심시키기 위해 미소를 지어 보인다. 우리는 조용히 직원을 따라간다. 직원이 영안실 문 앞에서 멈춰 선다. 베로니크가 나에게 불안한 눈길을 던진다.

"들어가세요." 직원이 말하면서 비켜서준다.

이제 베로니크는 낯빛이 창백하다. 나는 친구가 충격을 잘 견디길 바란다. 베로니크가 밀실공포증이 있다는 걸 알기 때문에. 강아지 눈을 한 직원은 금속 문을 열고 조심스럽게 은색 알루미늄 들것을 잡아당긴다. 냉동 박스에서 나오는 시신을 보는 것은 여전히 인상적이다.

"괜찮으세요?" 직원이 기절할 것 같은 베로니크에게 다정하게 묻는다.

베로니크가 말없이 고개를 끄떡이는데 가슴이 들썩인다.

"그럼 저는 이만 나가볼게요. 멀리 가지 않을 거니까 옷은 두고 가세요. 제가 동료와 함께 입힐게요."

"고맙습니다." 나는 중얼거리듯 말한다.

우리만 남게 되자 나는 걱정이 가득한 얼굴로 베로니크를 쳐다본다. 그녀를 영안실에 데려온 것이 지나치다는 거 안다. 그래도 후회할 일이 되지 않길 바란다. 나는 그저 친구가 이해해주길 바랄 뿐이다.

"누구야?" 베로니크가 마침내 묻는다.

"글쎄, 나도 모르는 여자야. 내가 아는 건 이 여자가 내 목숨을 구해줬다는 거야."

베로니크는 이해가 안 된다는 얼굴로 나를 뚫어져라 쳐다본다. 그녀의 눈에 눈물이 글썽인다. 나는 친구에게 이런 죽음과 마주하게 한 걸 후회한다. 뭐라고 말할까 궁리하지만 나 역시 막막하다. 기껏 말을 꺼내보지만 어설프다.

"무명용사의 불꽃이라고 들어봤지? 그러니까 이 여자는 무명의 고통이야."

"무슨 말인지 전혀 모르겠어." 베로니크가 중얼거린다.

선택의 여지가 없다. 이실직고해야 한다.

"베로니크, 고백할 게 있어. 나 죽으려고 했어. 사실은 크리스마스에 실행할 생각이었고."

베로니크의 눈이 커진다. 그녀는 튀어나오는 비명을 막으려는 듯 손으로 입을 막는다.

"너한테 거짓말했어. 미안해. 천국 같은 곳으로 혼자 떠날 거라고 했을 때 심각하게 그 생각을 하고 있었어. 그때는 죽는 것이 나를 위한 최선이라고 생각했으니까. 더 이상 살아갈 수가 없을 것 같았거든. 이해해?"

아니, 그녀는 이해하지 못하는 게 역력하다. 아니, 이해하고 싶지 않다는 얼굴이다.

"나는 그냥 끝내고 싶었어. 내 인생의 종지부를 찍고 싶었어.

내가 만난 심리치료사가 별 의미 없는 숙제들을 내주었는데 그게 내 일상을 바꾸게 했지. 하지만 나는 여전히 죽고 싶었어. 그러던 어느 날 저녁, 누군지도 모르는 이 여자가 거의 내 품에서 죽은 거야. 이 여자는 동물처럼 말도 못 한 채 고통을 겪고 있었고, 지하철역 플랫폼 끝에서 자기 오줌에 젖어 있었어. 그런데 이여자에게서 내가 보이더라고. 어쩐지 내 모습을 보는 것 같았어. 그리고 충격을 받았지, 좋은 의미에서. 바로 그래서 이 여자에게 제대로 된 장례를 치러주고 싶어. 내가 매장하려는 것이 내버려지고 외로운 한 여자일 뿐만 아니라 나의 고독이기도 하다는 걸깨달았거든."

내가 너무 과한 걸까, 아니, 충분하지 않다. 하지만 그건 중요하지 않다. 때가 중요한 거다.

"너를 여기 데려온 건 너도 너의 쓰라린 아픔, 슬픔, 이혼을 묻어버리라는 말을 해주고 싶어서야."

베로니크는 잠자코 내 말을 듣고 있다. 그녀의 뺨을 타고 굵은 눈물이 흘러내리는 걸 보고 나는 약간 안심이 된다. 그녀의 가슴 속에서 뭔가가 움직이고 있는 거다.

"베로니크, 솔직히 말해봐, 너 장과 행복했어?"

그녀는 어깨를 으쓱한다.

"베로니크, 장은 떠났고 네 결혼 생활은 죽었어. 하지만 너는 살아 있잖아. 넌 아직 젊어. 착한 아이들이 있고 예쁜 집도 있잖아. 이제 현실을 받아들이고 다른 걸 생각해. 개를 사랑하는 것도 좋지만 너도 사랑받을 자격이 있어."

그녀는 눈물이 글썽한 눈으로 나를 흘겨본다.

"그게 그렇게 쉽지가 않아." 그녀가 중얼거린다. "한 남자와 20년을 살다가 어느 날 갑자기 딴 여자 때문에 버림받는 게 어떤 기분인지 너는 몰라. 더 젊고 더 예쁜 여자 때문에."

"그래, 네 말이 맞아. 나는 부부 생활을 몰라. 하지만 고독은 아주 잘 알지. 베로니크, 너는 지금 고독한 길을 가고 있어. 너는 깨닫지 못하지만 너의 슬픔, 복수심은 너 자신만 힘들게 할 뿐이야. 슬픔과 복수심이 너를 고립시키고 있어. 너는 다른 사람들, 네 자식들과 단절하고 있잖아. 집에 혼자 처박혀서 지난날을 되씹으며 너는 지쳐가고 있어. 고독은 크레바스 속으로 떨어지는 것과 같아. 다쳐서 고통스럽고 아픈데 크레바스에서 다시 올라가려면 도움이 필요하지만 어디에도 너를 보거나 네가 외치는 소리를 듣는 사람이 아무도 없어. 하지만 너를 에워싼 얼음은 깨지기도 쉽다는 말을 해주고 싶어."

베로니크는 아무 말도 하지 않는다. 그녀는 나이를 알 수 없는 여자를 한동안 뚫어져라 쳐다보다 마침내 침묵을 깬다. 나는 안도의 숨을 내쉰다.

"장례는 언제 할 거야?" 그녀가 어렵게 입을 연다.

"좋은 질문이야."

우리는 조금 더 침묵을 지킨다. 더는 아무도 봐주지 않을 여자를 잊지 않기 위해 시선을 고정하고 있었다. 나는 약속대로 옷이 담긴 쇼핑백을 두고 돌아섰다. 우리는 지하층을 벗어나 지상층의 살아 있는 이들이 있는 따뜻한 곳으로 올라갔다.

"라뒤레에 가서 파티하자, 우리."

베로니크가 미소를 지었다. 우리는 택시를 잡았다.

"있잖아, 나 운전면허증 딸 거야."

나는 깜짝 놀라서 친구를 쳐다봤다.

"네가?"

"응, 내가. 바캉스 때 다른 사람에게 의존하는 게 지겨워서. 아까 지하에 있을 때 생각했어. 차는 오토매틱으로 사는 게 좋겠지?"

아주 좋은 생각인 것 같다. 우리는 오스만 거리에서 내렸다. 그리고 점심을 맛있게 먹었다. 실내장식이 화려한 제과점에서 맛있는 걸 먹으며 보내는 휴식이 마음에 위안을 주었다.

"장례는 어떻게 치를 건데?"

"티에 공동묘지에 그 여자처럼 무연고자들을 위한 자리가 있어. 하지만 나는 페르라셰즈에서 화장시킬 거야."

"하지만 그 여자의 유언을 모르잖아?"

"모르지. 나는 그냥 나라고 생각하고 해줄 거야."

베로니크의 눈이 휘둥그레졌다.

"아, 너 완전히 감정전이가 됐구나!"

우리는 동시에 웃음을 터뜨렸다. 어처구니없지만 베로니크의 말이 맞다.

"회사는? 며칠 휴가 냈어?"

"아니, 오늘 아침에 그만뒀어."

베로니크는 말문이 막혀 있었다.

"그리고 오늘 저녁에 한 남자를 두 번째로 만나."

"어쩐지! 너한테서 섹스 냄새가 진동하더라니!"

이번에는 내가 말문이 막힌다. 친구의 입에서 나오는 섹스 얘기는 뭔가 맛깔스럽다.

"내가 같이 갈까?"

"어디를?" 나는 불안해서 묻는다.

"장례 대행사에. 다 끝난 다음 내 장례도 해야 하잖아?"

베로니크가 기꺼이 즐기고 있다. 충격요법이 그녀에게도 통한 것 같다.

우리는 쇼핑하듯 가볍고 즐거운 마음으로 장례 대행사에 들어선다. 베로니크는 마치 장식품 가게에 들어와 있는 것처럼 선반에 진열된 조각품과 유골함들을 관심 있게 둘러본다. 나는 베로니크가 구경하게 두고 직원의 책상 앞에 앉는다. 내가 인사하자 그는 내 얼굴을 보며 이름을 기억하려고 애를 쓴다.

"안녕하세요, 석 달 전에 아버지의 장례 문제로 왔다가 아버지와 나를 위한 묘지를 샀는데요."

"아, 네, 생각납니다! 기억이 나네요! 그리 흔한 일은 아니었죠. 얼굴은 낯이 익은데 어딘가 달라지셨어요. 아닌가요?"

맞다, 내 인생관이 달라졌으니까. 반면에 이 직원은 달라진 데가 없다. 그는 그때와 마찬가지로 어두운 색 양복에 금속테 안경을 쓰고 있다. 허세를 부리지도 않고, 오해하기 십상인 번지르르한 말도 하지 않는다. 철두철미하게 검소하다.

"한 친구의 장례를 치러야 하는데 현재 생루이 병원에 있어요."

직원은 틀림없이 내가 불행을 몰고 다니는 사람이라 주변의 사람들이 연달아 쓰러지는 거라고 생각할 거다.

"심심한 애도를 표합니다."

"고마워요. 친구지만 그녀의 신원은 몰라요. 그래서 내가 화장하는 비용을 책임지고 유골을 수거하고 싶은데요."

"'우리'라고 해야지." 베로니크가 끼어든다. "나도 부담할 테니까 반반씩 내자."

"베로니크, 레스토랑에 온 게 아니야!"

"괜찮아, 내 말이 무슨 뜻인지 알잖아. 네 말대로 '내 장례'이기도 해. 그래, 네 말이 맞아. 따라서 내 몫을 내고 싶어."

직원이 어리둥절한 얼굴로 우리를 쳐다본다. 눈물, 비극, 슬픔. 그는 대충 상황을 알아차리고 장례 비용 분담에 대해 티격태격 주고받는 입씨름을 중재한다.

"죄송하지만, 두 분과 가까운 사이지만 신원을 모르는 친구의 장례 비용을 책임지겠다는 말씀이시죠?"

"네, 맞아요. 우리에게 그럴 권리는 있잖아요? 노숙자였는데 죽는 순간에 친구가 되었거든요. 친구에게 신분증이 없어서 파리 시에서 티에 공동묘지에 매장할 예정이에요. 그래서 나와 내 친구가 장례비를 공동 부담하겠다는 거예요." 나는 결정된 거니까 토 달지 말라는 투로 강경하게 말한다. "우리는 페르라셰즈에서 화장하고 싶은데요."

"그녀의 마음에 들 만한 아주 예쁜 유골함을 봐뒀어요." 베로니크가 행복한 얼굴로 덧붙인다.

우리는 십팔번인 명탐정 콤비 놀이를 끝내고 비용 문제를 해결한 뒤에 장례 대행사에서 나왔다. 나는 베로니크가 이 장례에 이토록 열렬한 관심을 가질 거라고는 생각하지 않았다. 우리는 화장하기 전 간단하고 검소한 의식을 치르기 위해 48시간 후 페르라셰즈 공동묘지에서 다시 만날 거다. 우리는 포옹하고 나서 헤어졌고, 나는 집으로 향했다. 한숨 돌리는 것으로 만족해야 한다. 시간이 많지 않다. 두 시간 후에 에릭과 약속이 있기 때문에.

나는 뜨거운 물로 샤워를 오래 한다. 피로를 풀어줄 필요가 있다. 요사이 휴식을 전혀 취하지 못했다. 발가락 사이사이까지 비누칠을 한다. 나는 온몸으로 느끼고 싶다. 에릭을 만나는 게 행복하면서도 두렵다. 무슨 얘기를 하지? 매번 팬티 얘기를 할 수는 없다. 만일을 위해 사놓은 화려한 란제리를 입어야지. 돈이 손가락 사이로 새어나간다. 돈 계산은 나중에 할 거다. 이 모든 광기가 지나간 뒤에. 우리는 코스트 호텔의 바에서 만나기로 했다. 재회의 장소로는 근사한 곳이다. 하지만 연예인과 톱모델들이 드나드는 곳이라 주눅이 든다. 웨이트리스들도 나보다 더 세련돼 보이는 곳인데. 무엇보다 더 젊은 여자들이고. 그런 데서는 나를 어필할 자신이 없다. 나는 플런치*에 어울리는 여자다.

나에게 동기를 부여하기 위해 에릭의 뜨거운 입술, 내 입술에 포개진 그의 입술을 생각한다. 나는 또다시 그가 고프다. 욕실에서 나오다 에릭이 보낸 문자 메시지를 발견한다.

> 일이 늦어지네요.
> 좀 늦게 당신 집에서
> 피자 먹는 건 어때요?

나는 안도한다. 플런치에 어울리는 여자와 도미노 피자에 어울리는 남자. 우리는 잘 맞는다.

한 시간 후 에릭이 초인종을 누른다.

"안녕, 피자 주문했어요?"

차가운 공기와 함께 에릭이 들어온다. 추위에 빨개진 코, 털 코트에 파묻힌 그가 나에게 미소를 지어 보인다.

나는 반갑게 그를 맞는다. 오늘 저녁은 배달 음식을 배불리 먹을 거다.

• 저렴한 레스토랑을 가리킨다.

"늦어서 미안해요. 이렇게 만나는 게 더 간단할 것 같아서요. 내 집으로 갈 수도 있지만 집 치우는 데 시간이 걸릴 테고 그러면 너무 늦어지니까."

"다음에 가면 되죠." 나는 장난스럽게 대답한다. "솔직히 당신의 메시지를 보고 마음이 놓였어요. 나는 유행의 첨단을 달리는 장소에 가는 게 익숙하지 않아요. 아주 불편하거든요. 옷을 어떻게 입어야 할지도 모르겠고."

"나도 그래요. 당신을 놀라게 하고, 파리지앵 흉내 좀 내보려고 거기로 정했던 거예요."

"파리지앵 아니에요?"

나는 그의 페이스북을 자세히 살펴보지 않은 체한다.

"네, 보르도 출신이에요. 가능한 한 시간을 내서 고향에 내려가죠."

우리는 맛있게 피자를 먹는다.

"와인 마실래요? 어딘가에 한 병 있는데 괜찮은 와인이면 좋겠네요. 나는 전문가가 아니라서."

나는 그가 도착하기 직전에 상점에 가서 와인을 쓸어오지 않은 체한다. 각자 취향이 있으니까.

"오늘 하루 어땠어요, 좋았나요?" 그가 두 번째 피자 조각을 자르면서 묻는다.

아주 진부한 질문이지만 나는 약간 두렵다. 그래서 거북함을 가리기 위해 과민하게 웃는다.

"음, 무슨 일이 있었더라. 아, 사표를 냈고, 친구의 장례 준비로 바빴어요."

피자를 씹던 그의 입이 멈춘다. 에릭은 얼른 삼키려다 목구멍에 걸려서 숨이 막힐 뻔했다.

"괜찮아요?" 내가 웃으면서 묻는다.

나는 에릭에게 와인 잔을 건넨다. 그가 어안이 벙벙해서 나를 쳐다본다. 그러고는 목구멍에 걸린 걸 내려가게 하려고 와인을 천천히 한 모금 삼킨다.

"사랑을 나눈 뒤에는 눈물을 흘리고, 누군가의 장례를 준비하면서 웃다니 이해가 안 되네요. 참 특이해요, 당신은!"

나는 칭찬으로 받아들인다.

"그런가요?"

나는 터져 나오는 웃음을 참을 수 없다. 이제는 멈출 수가 없다. 진짜 미쳤나. 맙소사, 왜 지금 웃음이 터져가지고.

에릭이 반은 걱정되고 반은 재미있다는 얼굴로 쳐다본다.

"미안해요, 당신 때문에 내가 긴장한 모양이에요."

"그래서 좋아요, 나빠요?"

"좋아요." 나는 중얼거린다.

사실, 나를 진정시킬 수 있는 방법은 *그가 나를 덮치는 거다.* 지금 당장 거실의 카펫 위에서. 그리고 정확하게 그 일이 일어난다. 우리는 서로에게 달려들어 키스를 한다. 폭소는 키득거리는 소리에 이어 신음 소리로 바뀐다.

몇 분 후, 우리는 땀에 젖은 알몸으로 소파침대에 누워 있다. 박스가 열려 있어서 피자는 식고 맛이 없어 보인다. 우리는 한마음이 되어 침대로 이동한다. 그리고 이불 속에서 웅크린 채 대화를 다시 이어간다.

"진짜 회사 그만뒀어요?"

"네, 진짜."

"부럽네요."

"당신도 하면 되잖아요?"

"글쎄요, 아마도 돈 때문에?" 에릭이 약간 시니컬한 말투로 대꾸한다.

"나는 충분히 있어요." 나는 당당하게 말한다.

"그래요? 그런데 나한테 관심을 갖는 건가." 그의 애무가 더 집요해진다.

"당신에게 돈이 있다면 뭘 하고 싶어요?" 나는 그의 애무에 응해주는 것으로 그를 소스라치게 한다.

그가 조그맣게 신음 소리를 낸다.

"글쎄요, 아마 여행을 떠나겠죠. 네팔에서 트레킹 여행하고 싶어요."

"나도 데려갈래요?"

"물론, 여행 비용을 당신이 낸다면?"

대화는 중단되고 손의 언어로 이어진다. 아주 긴 겨울잠에서 깨어난 뒤로 나는 만족할 줄을 모른다. 나는 거리낌이 없다. 이윽고 우리는 기분 좋은 무기력 상태에 빠져든다. 배불리 먹고 충족이 된 나는 아기처럼 잠든다. 마치 그의 품 안이 원래부터 내 자리였다는 듯. 마치 그의 살 냄새에 아주 익숙하다는 듯. 마치 내가 늘 만족하고 살아온 여자였다는 듯.

에릭은 새벽에 갔다. 그는 미안하다는 쪽지를 남겼다. 거실에 어질러놓은 것을 치워주지 못하고 가는 걸 미안해했다. 마치 피자 박스 두 개와 와인 잔 두 개, 바닥에 널린 것들을 치우는 데 두 사람이 필요하다는 듯. 하지만 나는 세심한 배려라고 생각했다. 그래서인지 흩어진 것들을 치우고 있는데 마치 그와 함께 하는 것 같다. 나는 우리의 저녁, 우리의 포옹, 다시 만날 걸 생각하면서 바보처럼 미소 짓는다. 마치 그가 내 몸과 마음, 영혼을 뚫고 들어와 있는 것처럼.

　이런 게 사랑일까?

　곁에 없는데도 그 사람의 존재를 느끼는 것이?

　더는 혼자라고 느껴지지 않는 것이?

장례는 엄숙하고 검소한 분위기에서 치러졌다. 우리는 음악 소리를 원치 않았다. 침묵과 묵상이 이 여자에겐 잘 어울렸다. 베로니크는 몹시 감격해 있었다. 그녀는 많이 울었고, 프랑크를 쳐다보지 않는 체하면서 호기심이 가득한 시선을 던졌다. 프랑크는 늘 그렇듯 품위 있고 근사했다. 나는 프랑크에게서 절제된 슬픔을 느꼈다. 물론 나도 울었다. 이 여자가 죽음을 맞은 최악의 상황을 알기 때문에 가슴이 먹먹했다. 나는 이 여자의 얼굴만 알 뿐 이름조차 모른다. 무엇이 이 여자를 비틀거리게 하고, 쓰러지게 하고, 넘어지게 하고, 그토록 비참한 종말을 맞게 했는지는 전혀 알 길이 없다. 어쩌면 이혼, 오랜 실직, 폭력 남편, 타락한 가족, 불행한 어린 시절, 절망스러운 상실감 때문일지도 모른다. 나는 이 여자에게 다른 누구보다도 더 슬픈 사연이 있었을 거라 짐작만 할 뿐이다. 신이 존재하는지 모르지만, 나는 이 여자가 이미 지옥을 경험했다고 확신한다. 나는 이 여자가 저승에서는 행복하길 바란다. 카펫에 놓인 관이 천천히 불길의 벽으로 향하고 있다. 이윽고 불길 속으로 들어가서 완전히 사라졌다. 우리는 목이 메어서 화장장을 나온다.

30분 후, 직원이 유골함이 담긴 박스를 건네준다. 박스는 방금 물을 끓인 주전자처럼 뜨끈뜨끈하다. 나는 베로니크와 합의했다. 내가 나중에 네팔이나 다른 어딘가에, 이 여자의 냄새가 갇혀 있는 파르망티에 지하철역에서 멀리, 아주 멀리 떨어진 어딘가에 뿌리기로. 하지만 에릭과 내가 트레킹 여행을 준비하는 동안은 베로니크가 유골함을 집에 보관하기로.

나는 이제 내 죽음에 대한 계획을 접는다. 죽음은 언제든 오게 되어 있다. 이 확신으로 충분하다. 어쩌면 내일이 될 수도, 한 달 후나 2년 후가 될 수도 있다. 상관없다. 기습적으로 찾아올지도 모르지만 괜찮은 죽음이길 바랄 뿐이다.

부모는 돌아가셨고, 애인도 자식도 없고, 친구도 거의 없고, 번듯한 직장은 있으나 사회생활이라는 것이 거의 없는 독신녀. '자식을 갖기에도, 한 남자를 갖기에도 유통기한이 지났다'고 생각하는 실비는 무의미한 삶을 끝내기에 가장 매력적인 선택이 자살이라고 확신한다. 그래서 진정한 '나'를 알기 위해 두 달이란 시간을 자신에게 준다.

짧지도 길지도 않은 두 달, 돌이킬 수 없는 짓을 저지르기 전, 실비는 심리치료사를 찾아간다. 심리치료사는 몇 가지 숙제를 내주며 도와주려고 하지만, 실비는 좀처럼 자살을 단념하지 않는다. 디데이는 12월 25일, 크리스마스.

그날을 기다리는 사이, 실비는 지하철역에서 죽어가는 한 노숙자를 발견하게 되고, 자신이 선택한 길에 대한 확신이 무너지며 놀라운 반전이 일어나는데…….

　'행복한 자살'이라니, 자살률 세계 1위라는 오명을 안고 있는 우리의 현실에서 이건 아니지, 하던 걱정은 기우였다. 아버지의 죽음으로부터 시작된 눈물겨운 자기 연민과 신파조의 음울한 전개, 그렇고 그런 결말이려니 했다. 하지만 이런 섣부른 선입견을 비웃듯, 슬픔, 흥분, 두려움, 그녀가 맞닥뜨리는 모든 상황에서 우스꽝스러운 장면이 연출된다. 텍스트 전반에 걸쳐 지극히 자조적이지만 오히려 웃음을 유발하는 유머는, 상반되는 조합의 제목과 절묘하게 일관된 조화를 이루고 있다.

　소설을 읽으면서 이렇게 웃어본 적이 있나 싶을 정도로 곳곳에서 웃음이 터진다. 그리고 누군가의 장례가 이토록 저릿한 감동과 함께 입가에 잔잔한 미소를 번지게 할 줄이야…….

　무의미한 삶에서 의미 있는 삶으로 넘어가는 것은 예기치 않은 순간, 아주 뜻밖의 순간에 무슨 일이 일어나느냐에 달려 있으며, 약간의 도움과 '의미 있는 우연의 일치'로 상황이 얼마나 급격하게 변할 수 있는지 일깨워주고 있다.

짧지만 강렬하고, 결코 가볍지 않은 주제지만 놀랍도록 감동적이고 훈훈한 이 소설이 영화로 만들어진다고 하니 기대가 된다.

마침내, 죽음에 대한 계획을 접는 실비의 독백이 긴 여운으로 뇌리에 남는다.

〈나는 그녀를 죽음의 문턱까지 배웅했고, 그 여자는 나를 생명의 문턱으로 배웅했다. 200미터 릴레이처럼 우리는 바통 터치를 했다. (……) 나는 머릿속의 여자와 건배를 한다. 그 여자에게 고맙다. (……) 그 여자 덕분에 나는 살아 있고, 은둔처에서 밖으로 나오는 길을 찾았다. 내가 몰랐던 살고 싶은 욕망에 사로잡혀 있다. 나는 베이스 리듬에 맞춰 심장이 뛰는 걸 느낀다. 나는 말할 수 있다. 오늘 저녁 내 자리는 행복한 무리 속이라고.〉

이원희